code name
우인

code name
망아

code name

초원

《고천원》의 사라

스파이 교실

10

《고천원》의 사라

스파이교실

10

저자 **타케마치**

일러스트 **토마리**

비밀

잠복

SPY ROOM
the room is a specialized institution of mission impossible
last code takamagahara

CONTENTS

애랑
Grete

어느 거물 정치가의 딸.
정숙한 소녀.

화원
Lily

벽지 출신의
세상 물정 모르는 소녀.

화톳불
Klaus

『등불』의 창설자이자
「세계 최강」의 스파이.

몽어
Thea

대형 신문사
사장의 외동딸.
고아한 소녀.

회신
Monika

예술가의 딸.
불손한 소녀.

백귀
Sibylla

갱 집안에
태어난 장녀.
늠름한 소녀.

우인
Erna

전 귀족. 빈번히 사고와
조우하는 불행한 소녀.

망아
Annett

출신 불명. 기억 상실.
순진한 소녀.

초원
Sara

거리 레스토랑 셰프의 딸.
소심한 소녀.

Team Otori

개풍
Queneau

고익
Culu

비금
Vindo

우금
Pharma

상파
Vics

뜬구름
Lan

『CIM』 from 펜드 연방

『Hide』—CIM 최고 기관 —

저주술사   마술사
Nathan   Mirena

외 3명

『Berias』— 최고 기관 직속 특무 방첩 부대 —

조종자
Amelie

외 연화 인형, 자괴 인형 등

『Vanajin』—CIM 최대 방첩 부대 —

갑주사   도공
Meredith   Mine

Other

그림자   색적꾼   광대   선율사
Luke   Sylvette   Heine   Khaki

Team Homura

홍로 **Veronika**	포락 **Gerute**	매연 **Lucas**
작골 **Wille**	선혹 **Heidi**	거광 **Ghid**

Team Hebi from 가르가드 제국

초록나비

흰거미 청파리

은매미 보라개미

남메뚜기 흑사마귀

프롤로그 비밀

모든 것은 그날부터 시작됐다는 것을 떠올렸다.

—『특별 임무다. 너는 내일부터 팀을 떠나 단독으로 움직여야 해.』

스승인 기드에게 특별 임무를 명받은 날. 딘 공화국의 스파이팀 『화염』을 떠나 홀로 가혹한 임무를 수행하러 갔다. 하지만 전부 스승의 책략이었다. 수수께끼에 싸여 있는 가르가드 제국의 스파이팀 『뱀』 편으로 돌아선 그는 『화염』에서 클라우스를 멀리 떼어 놓고 모든 멤버의 암살을 꾀했다. 물론 당시 뷰마루 왕국에 있었던 클라우스에게도 함정을 준비했다.

—『바보 제자, 이 임무가 끝나면 어떤 칭호로 자신을 밝히도록 해.』

—『세계 최강의 스파이.』

그때 기드는 어떤 마음으로 말했을까. 스승의 성격을 고려하면 비아냥이었을까? 아니면, 본인도 모르는 기대가 있었던 걸까? 그랬길 바라는 것은 공상일까?

특별 임무에서 돌아온 날, 『화염』이 괴멸했음을 알게 됐다. 절망의 구렁텅이에 있어도 움직여야 했다. 심하게 훼손된 기드의 시체를 봤을 때, 그것이 위장임을 알아차렸다. 누구보다도 그를 본 클라우스는 알 수 있었다. 기드를 속이려면 그가 모르는 스파이가 필요했다. 양성 학교의 낙오자 소녀들을 모아서 『등불』을 만들었다.

기드를 타파했다. 클라우스를 감싸고 죽은 그는 죽기 전에 『뱀』
이라는 조직의 이름을 말했다.

『뱀』을 쫓는 임무가 시작되었다. 딘 공화국에 잠입하는 스파이를
닥치는 대로 잡았다. 특히나 강자는 공들여서 신문했다. 『시체』라
는 남자에게서 『보라개미』의 정보를 알아냈다. 『보라개미』를 잡았음
에도 많은 정보는 얻을 수 없었지만, 대신 다른 보상을 얻었다.

『등불』의 소녀들이 성장했다.

대체할 수 없는 동료가 되었다.

그녀들과 함께 『뱀』과의 싸움을 이어 갔다. 『봉황』이라는 동포 스
파이팀이 죽기 전에 『뱀』의 정보를 남겼다. 클라우스는 소녀들과
동분서주하여, 펜드 연방에서 『뱀』의 멤버를 타도. 그 후 그들이
죽인 『화염』 멤버의 아지트에서 기밀문서를 발견했다.

노스탤지어 프로젝트
—《효암 계획》.

—제2차 세계 대전의 발발을 상정한, 대국의 수뇌부들이 꾀하는
의문의 계획.

이것이 세계의 비밀이라고 확신했다.

스승이 배신한 이유, 『화염』을 잃은 이유, 『봉황』이 살해당해야
했던 이유, 그리고 『뱀』이라는 조직이 생겨난 이유.

『등불』이 결성되고 2년이 지나, 마침내 클라우스는 도달을 앞두
고 있었다.

그는 지금 가르가드 제국의 수도 달튼에 있었다.

◇◇◇

들이마신 공기에서 녹슨 냄새가 났다.

가르가드 제국의 역에 내려섰을 때의 냄새를 클라우스는 좋아할 수가 없었다.

수도인 달튼에 온 것은 오랜만이었다. 생물 병기 탈환 임무 이후로 처음이었다. 약 2년의 세월이 흘렀다.

예전에는 전 세계에 식민지를 두고 영화를 누렸던 나라다. 높은 첨탑이 늘어선 광경은 조국인 딘 공화국에서는 전혀 볼 수 없는 것이라서 언제 봐도 압권이었다. 수도 근방은 많은 사람으로 북적였고, 오랫동안 이어진 경제 불황이 느껴지지 않았다. 생각해 보면 최근 몇 년간은 경제가 오름세이긴 했다.

패전했어도, 세계 유수의 대국이라는 사실은 흔들리지 않는다.

가르가드 제국의 첩보 기관으로부터 마크당하고 있는 클라우스는 변장하고 있었다. 입에 보정물을 넣고 안경과 수염을 붙여서 겉모습의 인상을 크게 바꿨다. 클라우스를 아는 사람도 눈치채지 못하고 지나칠 터였다.

단독으로 행동 중이었다.

『등불』의 부하들은 데려오지 않았다. 벌써 1년 가까이 만나지 않았다. 문서로만 교류하며, 직접 만나는 일은 없었다.

『1년간— 우리 『등불』은 흩어진다.』

17

예전에 마르뇨스섬에서 바캉스를 보내고 마지막에 선언했다.

그때 말한 대로 현재 『등불』은 2인 1조를 이루어 흩어져 있었다. 클라우스가 지시한 곳에서 저마다 임무에 힘쓰고 있을 터다.

모든 것은 《효암 계획》의 전모를 알아내기 위해.

그녀들과 했던 회의는 어제 일처럼 떠올릴 수 있었다.

『등불』이산 직전, 클라우스는 평소처럼 아지랑이 팰리스의 홀에 소녀들을 모았다.

"라일라트 왕국에서 시작된 《효암 계획》의 전모를 입수한다."

이 계획은 라일라트 왕국의 수상이 내놓은 의견이라고 했다.

펜드 연방과 무자이아 합중국이라는 대국도 관여하고 있었다. 이 세 나라 중 한 곳을 조사해 봐야겠지만, 역시 출처인 라일라트 왕국이 적절할 것이다. 무자이아 합중국의 방첩 기관은 견고하고, 펜드 연방은 현재 매우 혼란스러워서 누가 계획에 관여했는지 파악할 수 없었다.

나중에 설명할 사정을 고려해도 이 나라가 적절했다.

진지한 눈길을 보내는 소녀들에게, 클라우스는 구체적인 방법을 전했다.

"두 가지 계획을 동시에 진행한다."

손가락을 두 개 세우고, 하나를 바로 접었다.

"첫 번째는 정공법. 라일라트 왕국의 중추, 수상이나 국왕의 측근들과 접촉하여 계획을 알아낸다."

스파이다운 방법이었다.

수상의 비서나 측근에게 접근하여 자백을 받는다. 교섭하든 협박하든 상관없다. 간단히 정보를 입수할 수 있을지도 모른다. 관저에 침입해서 대화를 도청해도 좋다.

하지만 그렇게 국가 기밀을 입수할 수 있다면 고생할 일도 없다.

"솔직히 어려울 거야. 왕국의 근간에는 『니케』가 군림하고 있어. 상승무패의 모신. 접근하면 반드시 막아서겠지. 그러니 이건 미끼고, 다음 계획이 진짜 노림수야."

『니케』와 정면으로 대립하는 일은 피해야 한다.

멀리 돌아가더라도 성공률이 더 높은 계획을 택해야 했다.

"두 번째 방법— 라일라트 왕국에서 혁명을 일으켜 『니케』를 무력화한다."

듣고 있던 여덟 소녀가 숨을 삼켰다.

하지만 이것이 최선이라고 판단했다.

정치·경제의 근간을 변혁하는, 스파이의 궁극의 수법. 제아무리 『니케』여도 국가에 봉사하는 공직자에 불과하다. 상층부를 바꾸면 무력화할 수 있다.

"후, 두 가지 질문이 있어."

고아한 자태의 흑발 소녀―『몽어』 티아가 곤혹스러운 얼굴로 손을 들었다.

"일단 『니케』에 관해서 가르쳐 줘. 확실히 이름은 들은 적이 있지만, 대체 어떤 사람이야? 클라우스 선생님조차 정면 돌파는 어렵다는 거야?"

티아의 말에 다른 소녀들도 고개를 끄덕였다.

「일단 이름은 유명해」「고아원에서 들었어. 내가 들은 이름은 『미케』였지만……」「합중국에서는 『니레』라는 군인으로 알려져 있었어」 등등.

저마다 언뜻 들은 적은 있는 것 같았다.

"그만큼 이름을 남긴 존재야. 스파이와 상관없는 아이들도 알고 있는 예외 중의 예외지. 하지만 실재해."

세간에 알려진 지명도로 따지면 『홍로』조차 넘어설 것이다.

그녀가 딱히 유명해지길 원하지 않았기 때문이지만.

"『종막의 스파이』라고 부르는 사람도 있어. 스파이 업계에서는 말이야."

소녀들이 고개를 갸웃했기에 계속 설명했다.

"세계 대전을 종결시킨 일곱 스파이―『홍로』『거광』『저주술사』『카게다네』『귀곡(鬼哭)』『삼족오』. 그리고 이 괴물들과 함께 이름을 올린 일곱 번째 스파이가 『니케』야."

어디까지나 일부 스파이가 그렇게 부르고 있을 뿐이지만, 그들이 세계 정상급 스파이라는 것은 의심할 여지가 없었다.

이미 『홍로』, 『거광』, 『카게다네』는 죽었고, 『귀곡』은 은퇴했다는 모양이지만.

"개중에서도 『니케』는 빈틈이 없어. 뛰어난 지명도를 구사한 언변과 선동, 세계 각국에 다수의 연줄을 가졌고, 부하들의 신망도 두터워. 본인도 파괴적인 전투 기술을 가졌어. 나라면 지지 않는다—라고 단언하고 싶지만, 확실한 근거는 제시할 수 없어."

그렇기에 상층부로부터 『직접 덤벼서는 안 된다』라고 엄명을 받은 상태였다.

현재 딘 공화국은 『화톳불』 클라우스를 잃는 위험을 감수할 수 없기 때문이다.

"아무튼 첫 번째 질문에 관해서는 납득했어."

티아는 고개를 끄덕이고서 목소리를 높였다.

"하, 하지만 혁명이라니 그게 무슨 소리야?! 계획 하나를 알아내자고 그렇게까지 거창하게 일을 벌여야 해? 역시 영향이 너무 커서—."

"내용에 달렸지만, 계획을 파기할 필요가 있기 때문이야."

클라우스가 즉답하자, 티아가 고개를 갸웃했다.

"……? 아직 내용은 밝혀지지 않았는데……."

"하지만 예상할 수는 있지. 반대로 너희는 어떻게 보고 있지?"

클라우스는 물었다.

"『거광』 기드, 『조종자』 아멜리, 『흰거미』— 효암 계획을 저지하기 위해 움직였던 인물들이 저속하고 어리석은 악인으로 보였나?"

가르가드 제국의 베일에 싸인 스파이팀 『뱀』.

『흰거미』의 언동을 보면 『뱀』이 계획을 저지하기 위해 움직였음을 추측할 수 있었다. 『흰거미』는 대국이 만들어 내는 강자의 규칙에 저항하려고 했었다.

수단은 마음에 안 들지만, 그들 나름의 정의가 있었을 터다.

클라우스의 스승인 기드가 배신해야만 했을 정도의.

"살인을 불사하는 쓰레기도 많았지만 말이지."

헤어를 비대칭으로 세팅한 청은발 소녀—『회신』 모니카가 중얼거렸다.

"하지만 국가에 충성을 맹세했던 아멜리 씨조차 최종적으로 『뱀』 편이 됐었잖아."

단검처럼 날카로운 눈을 가진 백발 소녀—『백귀』 지비아가 말했다.

물론 클라우스는 『뱀』이라는 조직에 부정적이었다. 일반인을 가차 없이 끌어들이는 수법을 택해서, 『흰거미』와는 끝까지 화합하지 못하고 상충했다.

하지만 그래도 모든 것을 부정할 마음은 없었다.

"적어도 나는 좋은 예감이 안 들어."

직감에 불과하지만, 딘 공화국의 미래를 위해, 계획에 간섭할 수 있는 힘을 쥐고 있고 싶었다. 그러려면 국가의 중추에 관여해야 했다.

"0.3퍼센트— 라일라트 왕국의 유권자 비율이야."

""""음?""""

"선거권은 고액 납세자에게만 있어. 상위 고액 납세자는 이중 투표권을 가졌지. 설령 대의원 의원으로 선출되더라도 법안 제출권을 가진 것은 국왕뿐이야. 국왕과 수상, 내각이 나라를 움직여. 헌법은 국왕이 직접 정한 흠정 헌법. 출판물은 검열되고, 언제든 출판사를 영업 정지시킬 수 있어. 20명 이상의 집회는 금지되고, 정치 결사는 승인제. 부와 권력은 상류 계급이 독점. 상속세는 시민에게만 적용. 경찰과 재판소의 수장은 전부 세습돼. 귀족의 죄는 눈감아 주고, 반항하는 국민은 체포돼."

말이 이어질수록 소녀들이 경악했다.

물론 양성 학교에서 배운 내용이겠지만, 다시금 들으니 말문이 막혔을 것이다. 100년 이상 뒤떨어진 시대착오적인 법체계였다.

"이런 썩어 빠진 정부에서 생겨난 《효암 계획_{노스탤지어 프로젝트}》이라니, 불길한 예감밖에 안 들어."

"그, 그 말만 들으면 《효암 계획》과 관계없이 혁명이 일어났으면 좋겠네……."

클라우스의 설명을 듣고 티아가 얼굴을 찌푸렸다.

"국민은 분개하지 않는 거야? 아무 짓도 안 해도 혁명은 일어날 것 같은데."

"이 나라는 **어떤 병**을 가지고 있어. 간단히는 안 풀려."

"……?"

"나중에 설명하지. 시민 혁명이 무너진 나라— 그렇게 불리는 데는 이유가 있는 거야."

언어 능력이 낮아서 비유적인 표현이 되어 버렸다.

하지만 그렇게 형언할 수밖에 없는 불온한 기운이 왕국 전체에 만연해 있었다.

"다른 질문은 없나?"

"응, 괜찮아. 이전의 임무들보다 대규모 임무가 될 것은 틀림없네. 멤버 전원이 흩어지는 것도 납득이 가."

티아는 자신의 가슴에 손을 얹었다.

"즉— 이 임무는 나한테 적합한 거지!"

"……음?"

"민중을 선동해서 왕국의 영웅이 되어 주겠어. 나보다 나은 적임자는 없어."

티아는 들뜬 모습으로 말했다. 윤기 흐르는 흑발을 넘기며 도취된 미소를 지어서, 다른 소녀들이 흰 눈으로 보고 있었다.

유난히 의욕적으로 질문한다 싶었는데 이런 이유에서였나 보다.

확실히 티아의 자질과 능력을 생각하면 타당하긴 하지만.

"무자이아 합중국의 악몽을 몰아내고, 펜드 연방에서는 반정부 결사의 수령이 되었던 실적이 있어. 맞아! 나를 중심으로 움직이면 반드시 임무도 성공할—."

"아니, 네가 아니야."

"어?"

"작전의 중심은— 에르나다."

밝힌 순간, 소녀들이 「「「허?」」」하는 소리를 냈다.

「어째서?!」라고 티아도 새된 목소리로 외쳤다.

지명받은 당사자인 에르나도 「응?」 하며 고개를 갸웃하고 있었다.

이전 임무들에서는 거의 보조 역할을 하던 소녀였다. 『등불』에서는 아네트와 함께 최연소 멤버라 기본적으로 후위가 되었다. 임무의 중심에는 없었다.

하지만 이번에는 그녀가 최전선에서 움직여 줘야 할 사정이 있었다.

"이유는 몇 가지 있지만─."

설명하려고 했을 때, 에르나가 퍼뜩 생각난 얼굴로 일어났다.

의아하게 여기고 있으니, 그녀는 종종종 다가와 클라우스의 손을 잡고 꽉 움켜쥐었다.

"……왜 그러지?"

"한 가지는 말하지 않아도 알겠어, 선생님."

손을 꽉 잡은 채, 그녀는 부드럽게 미소 지었다.

"에르나를 확실하게 봐 줘서 고마워."

"음, 전해졌나."

"당연해. 에르나와 선생님 사이니까."

"그런가. ─극상이야."

에르나가 원하는 것 같았기에 다정하게 머리를 쓰다듬어 줬다. 부드러운 깃털 같은 감촉이었다. 클라우스의 손길을 받으며 에르나가 「응~」 하고 기분 좋은 듯 소리를 냈다.

옆에서 모니카가 시큰둥한 목소리로 「그래서? 왜 굳이 일어난 거야?」라고 지적했고, 지비아가 「어리광 부리고 싶은 거겠지. 뿔뿔이 흩어지는 게 섭섭해서」라고 해설했다.

"일일이 말할 필요 없어!"

에르나는 얼굴이 새빨개져서 다시 소파로 돌아갔다.

티아는 여전히 불만스러운 듯 뺨을 부풀리고 있었지만, 그레테가 달래자 납득했는지 크게 한숨을 쉬었다.

이야기가 다른 곳으로 샜기에 다시금 단호하게 말했다.

"아무튼 혁명을 일으키려면 번잡한 절차를 거쳐야 해. 하지만 늘 염두에 뒀으면 하는데, 혁명은 한 가지 수단에 불과해. 최종 목적은 단 하나."

소녀들이 표정을 다잡았다.

클라우스는 작게 고개를 끄덕였다.

"『화염』, 그리고 『봉황』이 괴멸한 원흉《효암 계획》— 세계의 비밀을 손에 넣어라."

『봉황』이라는 이름을 꺼낸 순간, 소녀들의 표정이 달라졌다.

이미 소녀들은 양보할 수 없는 사명을 짊어지고 있었다.

소녀들과의 회의를 떠올리고 다시 숨을 들이쉬었다.

가르가드 제국 수도의 녹슨 쇠 냄새가 났다. 자신이 임무의 중심인 라일라트 왕국과 떨어진 땅에 있음을 다시금 실감했다.

이전의 임무들과는 완전히 달랐다. 만약 강자가 소녀들을 공격하더라도 클라우스는 지켜 줄 수 없다.

흩어지기 전의 마지막 기간에 클라우스는 평소보다 한층 공을 들여 엄격하게 소녀들을 훈련시켰다. 『화염』 시절에 굴려지면서 때로는 토까지 했던 훈련을, 마음을 모질게 먹고 소녀들에게 철저히 시행했다.

현재 그녀들은 네 조로 나뉘어 있었다.

위험도가 저마다 다르긴 하지만, 모두 고난도의 임무였다. 중요도는 같았다. 『등불』이 일치단결하여 이 가혹한 임무를 극복하고자 했다.

'아니.'

결론을 정리하려고 했을 때, 어떤 광경이 머릿속을 스쳤다.

'……딱 한 명, 마음을 짓밟아 버린 소녀도 있나.'

임무 직전에 클라우스의 방침에 이의를 제기한 자가 있었다.

『등불』에서는 거의 일어나지 않는, 클라우스에 대한 진지한 저항.

—『저는 납득할 수 없습니다……!』

—『이번 작전, 수정해 주세요.』

새빨개진 얼굴로 땀을 흘리며 주장한 소녀가 있었다. 그녀는 결사의 각오로 생각을 말했을 것이다.

클라우스는 정면에서 짓밟았다.

진지한 저항을, 폭력적인 수단으로 거절했다.

'멈출 수는 없어.'

미안한 마음은 있지만, 이 일에 그만큼 강한 각오를 바치고 있었다. 부하 한 명이 반대한들, 임무는 변경할 수 없다.

역을 떠나고자 한 발짝 앞으로 나갔다.

아마 소녀들은 한창 임무 수행 중일 것이다.

하지만 클라우스는 소녀들에게 달려갈 수 없다. 상층부의 명령 이상의 이유가 있었다.

"……나는 나대로 해야 할 일이 있으니까."

첨탑이 늘어선 거리를 조용히 걸어갔다.

전에 없던 고양감과 흥분으로 가슴이 뜨겁게 뛰었다. 또 한 걸음, 세계의 비밀에 다가가고 있다.

1장 잠복

—세계는 근심에 휩싸여 있다.

12년 전에 종결된 세계 대전은 참전했던 서중앙 나라들에 큰 피해를 입혔다. 종전 후, 각국은 평화 조약을 맺고, 다시는 비참한 전쟁이 되풀이되지 않도록 국제적으로 협조하는 방향으로 정치의 방향을 틀기 시작했다. 군부보다도 첩보 기관에 국가 예산을 할애하며 스파이 시대가 찾아왔다.

협박, 암살, 혁명 선동, 반정부 조직 지원 등, 스파이에 의한 그림자 전쟁. 정치적인 혼돈은 있어도, 일반 시민에게는 세계 대전과 비교하면 평온한 시기였다.

그러나 세월이 흘러, 사람들의 가슴속에 불안이 생겨나기 시작한다.

—정말로 인류는 세계 대전을 되풀이하지 않는 걸까.

과격해지는 스파이 간의 싸움으로 인해, 이제껏 무관했던 사람들도 불안을 느끼기 시작했다.

세계 대전에 참전했던 뷰마루 왕국에서는 쿠데타가 일어났다. 초대국 무자이아 합중국의 수도에서는 국제회의 중에 많은 사람이 암살당했다. 그 반년 후에는 대국 펜드 연방의 황태자까지 암살되며 수도의 치안은 크게 어지러워졌다.

뭔가가 달라지고 있다는 예감을 일반 시민도 느꼈다. 하지만 스파이는 멈추지 않는다.

세계의 다음 동향을 빠르게 파악하기 위해, 그들은 암약을 이어간다.

무슨 일이든 좋은 측면과 나쁜 측면이 있다.

라일라트 왕국의 귀족들에 의한 부패 정치는 격차 사회를 만들었다.

하지만 한편으로 귀족들의 오랜 치세로 예술이 융성했다는 사실은 부정할 수 없었다. 귀족이 후원자가 되어, 왕국은 많은 예술가를 배출했다. 전 세계의 뛰어난 예술가가 귀족의 지원을 받으려고 왕국에 모였기 때문이다.

세계 대전 때는 총력전이 되어 라일라트 왕국은 참전국 중에서 가장 많은 사망자가 나왔다.

하지만 여성이 군수 공장에서 일한 결과, 여성의 사회 진출이 단숨에 진행되면서 여성 디자이너가 만든 옷이나 장식품 브랜드도 늘었다.

그런 좋고 나쁜 사회 정세를 거쳐, 이 나라는 『예술의 나라』라고 불리고 있었다.

특히나 수도 피르카는 도시 전체가 하나의 예술이었다.

길을 걸으면 귀여운 딸기 마크가 들어간 간판, 웃는 돼지 무리가 그려진 간판, 핀과 리본이 그려진 간판이 눈에 들어왔다. 각각 아동 신발 가게, 정육점, 수예품 가게의 간판이었는데, 가게 하나하나가 공들인 디자인의 간판을 내걸고 있었다. 각 거리는 「달리는 세 마리 고양이 거리」「드래곤이 일어나기 위한 거리」 등 독특한 이름을 가지고 있었다.

관광객은 길을 100미터 걷는 동안 열 번 넘게 발을 멈추게 됐다.

건물은 전부 아름다운 석조 건물로, 햇빛을 받아 희게 빛났다. 귀부인들은 라탄 바구니를 들고서 돌바닥이 깔린 길을 걸어 파사주라는 상점가로 향했다.

그런 예술이 넘치는 거리의 한구석에서 한 소녀가 난리를 치고 있었다.

"노오오오오오오오오오오오오오오!!"

골목 안쪽에 있는, 철거가 확정된 폐가의 3층.

금발 소녀가 나무 바닥을 퍽퍽 때렸다.

"슬슬 침대에서 자고 싶어어어어어어어어어어어어!"

『우인』에르나였다.

딘 공화국의 첩보 기관 『등불』의 멤버. 보스인 클라우스의 명령으로 이 나라에 잠복한 지 1년. 머리는 짧게 싹둑 잘랐고, 키도 어느 정도 커서 16세라는 나이에 걸맞은 외모로 성장해 있었다.

하지만 지금은 떼쓰는 아이처럼 폐가에서 울부짖고 있었다.

"따뜻한 밥을 먹고 싶어! 샤워하고 싶어! 청결한 옷으로 갈아입고 싶어! 쥐랑 벌레가 득실거리는 쿰쿰한 침상은 싫—다—고—!!"

옆에서는 회분홍 머리 소녀—『망아』 아네트가 깔깔 웃고 있었다. 1년 전보다 머리를 길러 한층 더 초연한 기괴함이 더해진 그녀는 입꼬리를 씩 올렸다.

"나님! 역시 에르나가 어린애처럼 말하는 게 더 좋아요!"

"시끄러워!"

에르나는 얼굴을 붉히고 외쳤다.

하지만 곧바로 난동 부리는 자신이 부끄러워진 듯 입을 틀어막고서 「스, 슬슬 졸업해야 해……」라고 작게 웅얼거렸다.

말버릇이었던 『응』 『불행……』은 현재 열심히 교정 중이었다. 하지만 아네트 앞에서는 쉽게 튀어나왔다.

"크으, 얼마 전까지 따뜻한 침대에서 잘 수 있었는데."

"이제는 도망자 신세예요!"

"틀림없이 학교는 퇴학 처분을 받았을 거야."

"『창세군』 녀석들은 가차 없으니까요!"

그때, 기분 좋게 늘어져 있던 아네트가 뭔가를 발견한 듯 창문으로 다가갔다. 나무 창틀 밖으로 몸을 빼고 망원경을 들었다.

"아, 발연 장치가 작동했어요! 어제 머문 창고에 설치한 거요!"

아네트에게 망원경을 받아 그녀가 가리킨 하늘을 보았다.

수백 미터 떨어진 곳에서 하얀 연기가 피어오르고 있었다.

"나님의 유도에 안 걸린 모양이에요."

아네트가 감탄하며 고개를 끄덕였다.

에르나는 혀를 차고 싶었지만 참았다. 도망 생활 중이어도 안 먹고 안 마실 수는 없었다. 식량을 조달할 때는 사람과 만나야 했다.

목격자에게 들은 정보를 바탕으로 포위망을 좁힌 것 같았다.

"상황을 정리하자."

한 번 숨을 고르고서, 창밖을 보고 있는 아네트를 보았다.

"일단 당면한 문제는 우리가 『창세군』에게 쫓기고 있다는 거야."

라일라트 왕국의 첩보 기관 『창세군』── 에르나와 아네트를 쫓는 존재다.

두 사람은 지금 이민자와 노동자가 모여 사는 피르카 19구에 있었다.

세계 대전 때 피해를 입은 구획으로, 12년이 지난 지금도 제대로 정비되지 않고 방치되어, 가난한 사람들이 멋대로 영역을 정하고서 살고 있었다.

비가 내리면 오수가 흘러드는 최악의 거주 환경이었다.

에르나와 아네트는 그곳의 우두머리 같은 사람에게 돈을 주고서 몰래 지내고 있었다.

그러고 있는 것에는 큰 이유가 있었다.

「우리는 살인자니까요~」라고 말한 아네트가 태평하게 웃었다.

그랬다. 지난주에 두 사람은 살인에 관여하고 말았다.

원래는 성 카탈라츠 고등학교라는 일반 학교에 유학생으로서 다니며 완벽한 잠복 생활을 보내고 있었다. 하지만 에르나가 벌이던 노숙자에 대한 봉사 활동이 『창세군』의 방첩 공작원의 눈에 띄면서 신체검사를 받게 되었다.

그러면서 방첩 공작원과 전투가 벌어졌고, 최종적으로 그들의 목숨을 빼앗고 말았다.

살인이라는 윤리적 문제를 생각하면 가슴이 아프지만, 그걸 고려할 여유는 없었다. 그들은 무고한 노숙자를 몇 명이나 죽였고, 그들을 죽이지 않았다면 에르나의 목숨도 위험했었다.

"발연 장치가 작동한 이상, 쫓기고 있다는 건 확실해."

"네! 살인 관계자의 입단속은 확실하게 했는데 말이죠!"

"분명 수사 기록을 보고 도달한 거야."

"학생이라는 신분은 버릴 수밖에 없었죠!"

주거도 버리고, 학생이라는 신분도 버리고, 스파이로서 얻은 정보와 무기, 그리고 약간의 금전만 챙기고서 도피행을 시작할 수밖에 없었다.

그 생활도 6일째다.

"아무튼 지금은 최대한 눈에 안 띄게 생활할 수밖에 없지만—."

에르나는 가벼운 지갑을 들어 올렸다.

"—자금도 도구도 바닥났어."

"어쩔 수 없죠! 나님의 공작이 없으면 도망칠 수 없어요."

도주 중에는 아네트의 공작 기술이 빛을 발했다.

와이어를 구사한 경보 장치도, 잠복처를 찾기 위해 우편물에 몰래 편지를 넣는 공작도, 전부 아네트가 했다. 에르나의 직감이 뛰어나긴 하지만 만능은 아니었다.

하지만 돈이 떨어지면 결국 끝이다.

"무기에 거의 전액을 쏟아부었어요! 전투는 앞으로 한 번밖에 못 해요!"

"응, 할 일은 하나야."

상황 확인을 끝내니, 도출되는 것은 너무나도 당연한 결론이었다.

"잠복처— 당분간 의식주를 제공해 줄 사람이 필요해."

후원자 같은 존재가 필요했다.

딘 공화국의 스파이인 두 사람을 숨겨 줄 협력자. 이국땅에서 고독하게 싸우는 스파이에게 없어서는 안 될 생명선이다.

"일단은 우리의 안전을 확보해야 해. 그게 안 되면 혁명도 못 해."

"나님, 이대로 가면 끝장이라고 생각해요!"

물론 간단히 상대를 찾을 수는 없을 것이다.

딘 공화국의 협력자와 동포 리스트를 클라우스에게 받았지만, 완전히 안전하다고는 단언할 수 없었다. 『창세군』이 마크하고 있을 가능성은 있다.

믿을 만한지 가늠할 시간도 필요했다. 하지만 그러는 동안에도 『창세군』은 다가온다.

"다행히 만나기로 약속한 사람이 한 명 있지만……."

다른 사람을 통해 편지를 보내서 몰래 불러내는 데 성공했다. 하지만 과연 그가 동료가 되어 줄지는 불명이었다.

땀이 나는 손을 치마에 문지르고 있으니, 아네트가 놀리듯이 웃었다.

"괜찮아요! 에르나."

"응……?"

"여차하면— **나님이 있으니까요.**"

"……."

별일 아니라는 듯 천진난만하게 웃는 얼굴을 보고 오싹한 공포를 느꼈다.

최악에는 어딘가의 주민을 협박하면 된다— 그렇게 말하고 있었다.

1년 전 펜드 연방에서의 임무 이후로 아네트는 흉포한 본성을 숨기는 일이 줄어들었다. 그녀라면 안색 하나 바꾸지 않고 타인의 안구를 뽑을 수 있을 것이다.

에르나도 전혀 몰랐던 것은 아니지만, 새삼 몸이 떨렸다.

'어떤 의미에서 『창세군』보다 더 성가셔.'

아네트 몰래 입안에서 혀를 깨물었다.

'……이 녀석은 신중하게 다뤄야 해.'

이것도 이번 임무의 고민거리였다.

아네트는 조커다. 살인이 특기지만, 계속 의지하면 적을 늘릴 뿐이다.

지난주에 『창세군』의 방첩 공작원을 죽인 것을 봐도 그랬다. 아무리 에르나를 지키기 위해서였다지만, 그 일 때문에 잠복처를 버려야 했다.

　—아네트와 에르나, 이제껏 함께 임무를 경험한 적이 없는 조합.

　사라나 지비아처럼 두 사람을 챙겨 줄 연장자는 주변에 없다. 지금 아네트를 제어할 수 있는 사람은 에르나뿐이다.

　"괜한 짓은 안 해도 돼."

　아네트의 제안을 무시하고 회중시계를 확인했다.

　에르나는 숨을 들이마시고 일어났다.

　"약속 시간이야. 교섭에 실패하면 오늘은 노숙해야 해."

　피르카 10구에는 브라스리라는 대중 술집이 모여 있는 골목이 있었다.

　칸막이벽 없이 커다란 하나의 홀로 이루어진 것이 특징으로, 저렴한 맥주를 마실 수 있는 술집이었다. 좀 더 중심에 가까운 구획에 있는 가게라면 대형 영화사에 고용된 각본가나 배우, 감독이 새로운 표현법을 의논하는 광경을 볼 수 있겠지만, 이 구획의 고객층은 그보다도 거친 인상을 줬다. 석공이나 배관공 같은 도시 노동자가 중심이었다. 많은 가게의 간판 요리는 생굴인데, 생굴이 생소한 에르나에게는 기이하게 보였다.

　에르나와 아네트는 그런 브라스리 중 한 곳에 들어갔다.

술집을 드나들기에는 조금 어려 보이는 외모 탓인지, 들어간 순간 몇 명이 노골적인 시선을 보냈다.

술집은 도망자가 있기 좋은 곳은 아니지만, 위험을 무릅쓸 필요가 있었다. 불러낸 상대가 경계해서 나오지 않는다면 말짱 도루묵이었다.

다행히 상대방은 약속 장소에 있었다. 이미 술을 마시고 있었다.

"—맛있는 식사는 배고픔에서 시작되지."

브라스리 안쪽에서 선량해 보이는 청년이 맥주잔을 들었다.

"설마 여학생이 같이 식사를 하자고 할 줄은 몰랐어."

나이가 26세라는 건 이미 조사가 되어 있었다. 성실함을 형상화한 것 같은, 올곧아 보이는 청년이었다. 운동장의 잔디처럼 직선으로 세운 머리는 딱 한가운데에서 갈라져 있었다. 다만 몸 전체를 보면 딱딱한 인상은 없었고, 멋스러운 넥타이를 매고 있었다.

장 몽동빌. 국내 최고봉의 법학 명문교, 니콜라 대학 법학부의 5학년.

『맛있는 식사는~』이라는 말은 이 나라의 속담이었을 터다.

그의 테이블에는 많은 조개 요리가 놓여 있었다.

자리에 앉자 그는 에르나와 아네트 쪽으로 접시를 옮겼다. 아네트가 눈을 반짝였다.

에르나는 배가 꼬르륵거리는 것을 숨기며 그를 마주 보았다.

"나와 줘서 고마워."

"봉투에 성 카탈라츠 고등학교의 교표가 있었으니까."

장은 느끼하게 윙크했다.

"꽃다운 여학생의 부탁을 거절할 순 없지. 두근두근 설레는걸?"

"아니, 그런 용건은 아닌데……."

"농담이야. 편지는 짐들 속에 섞여 있었고, 사연이 있는 것 같았어. 지정한 장소도 그랬고. 미인계가 아니라서 안심했을 정도야."

장은 놀리듯이 손을 흔들었다.

경박한 인상을 주지만, 이성적이긴 한 것 같았다.

에르나는 간단히 자기소개를 했다. 라일라트 왕국에서 쓰는 가명과 딘 공화국의 유학생이라는 것 등, 가짜 경력을 이야기하고 본론에 들어갔다.

"당신은 학생 기숙사의 기숙사장이라고 들었어."

작게 머리를 숙였다.

"우리를 숨겨 줬으면 좋겠어. 쓰지 않는 방을 빌려줬으면 해."

장은 「그렇군」 하고 말하며 미소 지었다. 「역시 인기가 생긴 건 아니었네」라는 말도 했다.

니콜라 대학에는 열 개 이상의 학생 기숙사가 있었고, 주로 학생들끼리 운영되었다.

학문의 자유를 존중하는 대학 측은 학생들의 기숙사 생활에 개입하지 않고 거의 방임하고 있었다. 대학에 재적 중인지도 알 수 없는 젊은 노숙자가 섞여 있다는 소문도 있었다.

그런 학생 기숙사 중 한 곳의 기숙사장인 장이 목소리를 낮췄다.

"……사정을 물어봐도 될까?"

"『창세군』에게 쫓기고 있어. 발단은 일주일 전. 노숙자를 개인적으로 지원하고 있었는데, 『창세군』의 니르파 부대에게 취조를 받았어."

에르나는 고개를 숙였다.

"남성 세 명이었어. 그 사람들은 나를……."

그 이상은 말하지 않고 상대가 상상하도록 했다. 실제로는 구체적인 피해를 당하기 전에 대처해 버렸지만.

장은 눈썹을 확 찌푸렸다. 노린 대로 상상의 나래를 펼친 것 같았다.

에르나는 자신의 외모가 가련하다는 것을 알았다. 딱 봐도 피해를 당할 것 같은, 불운해 보이는 소녀. 1년간 그것을 무기로 쓰는 기술을 갈고닦았다.

"저항했더니 타국의 스파이라는 혐의를 받게 됐어……. 지금은 쫓기는 신세야."

"그것참."

장은 크게 한숨을 쉬었다.

"아아, 세상에. 니르파 부대가 얼마나 극악무도한지는 알고 있어. 가슴이 찢어지는 것 같군."

호들갑스럽게 손으로 얼굴을 가리고 고개를 가로저었다.

내용을 쉽게 믿어 줘서 에르나는 내심 주먹을 움켜쥐었다.

예전에는 다른 사람과 얘기하는 것을 어려워했던 에르나도 이제는 대인 관계 능력을 익혔다. 『등불』의 동료가 에르나의 경계심을 풀어 준 덕분이었다.

한 명의 스파이로서 습득할 수 있는 기술은 전부 익혔다.

온갖 기능을 연마했다. 예전에는 어려워했던 미인계조차도!

"……만약 우리를 숨겨 준다면 답례할게……."

상대의 마음을 매료하기 위해, 얼굴을 붉히고 시선만 올려 쳐다
보면서 말했다.

"남자는 무섭지만, 줄 수 있는 건…… 나, 나 자신의 몸밖에 없으
니까, 자, 잠자리를함께하는것도는—."

"—아니, 그런 건 됐어."

장은 딱 잘라 거절했다.

다시 그의 얼굴을 보니, 질색하는 표정으로 손을 내젓고 있었다.

"……."

"아까 한 얘기는 진짜 농담이야. 미성년자는 안 건드려."

"……."

"그리고 후반은 완전히 국어책 읽기였어. 무리하지 마."

"……."

완전히 부정당해서 에르나는 침묵할 수밖에 없었다.

줄곧 옆에서 듣고 있던 아네트가 배를 잡고 웃음을 터뜨렸다.

"나님, 이렇게 형편없는 미인계는 처음 봤어요!"

"나도 아니까 입 다물고 있어!"

물론 진심으로 몸을 팔 생각은 없었기에, 부정해 줘서 오히려 안
도했다.

장은 「너의 각오는 알았어」라며 쓴웃음을 지었지만, 도중에 표정

41

이 엄정해졌다.

"하지만 쉽사리 협력할 수는 없어."

"응……?"

"당연하잖아? 너를 숨겨 주면 나까지 『창세군』에게 구속당할 거 아니야."

곤란한 듯 고개를 가로저었다.

"애초에 일개 학생일 뿐인 나한테 왜? 더 적절한 사람이 있잖아?"

"……"

그의 주장은 타당했다.

물론 마구잡이로 잠복처를 고른 것은 아니었다. 카드를 하나 밝히기로 했다.

"—당신의 아버지에 관한 재판 기록을 알아."

말한 순간, 장의 얼굴이 굳었다.

쉬지 않고 고했다.

"피르카 18구에 살았던 당신의 아버지는 인쇄소에서 일했었어. 아내는 이미 타계하고, 아들 둘과 딸 하나. 4년 전부터 활동가인 지인에게 부탁받아 몰래 정부를 규탄하는 팸플릿을 인쇄하고 배포. 2년 전 『창세군』에게 구속당했어. 형사 재판의 결과는 집행 유예 없는 징역형. 게다가 재산은 반정부 활동의 자금으로 압수당했어. 누가 봐도 부당한 본보기였어. 장남을 제외한 자녀들은 뷰마루 왕국에 사는 친척에게 맡겨져 생활하고 있어."

장은 믿을 수 없다는 듯 눈을 크게 뜨고 있었다.

본래 아무도 모를 터인 비밀이었을 것이다.

"전부 알고 있어. 당신이라면 아군이 되어 줄 거라고 생각했어."

8개월간 에르나는 어떤 변호사 사무소에서 아르바이트를 했다. 변호 기록을 통해 반정부 사상을 가졌을 것 같은 인물을 목록화해서 마이크로필름에 담았다.

1년 동안 꾸준히 쌓아 올린 무기 중 하나였다.

미인계는 결국 습득하지 못했지만, 그 외의 능력은 성장해 있었다.

장은 크게 한숨을 쉬었다.

"대체 어디서 알았지? 내 개인 정보를."

"언뜻 들었을 뿐이야."

"호기심은 사악한 결점이지. 요즘 학생은 무섭군."

그는 이 나라의 속담을 인용했다.

"신문사에서도 다루지 않았던 사건이야. 왕정부(王政府)가 무서워서."

정부에 대한 반항과 저항이 모두 보도되는 것은 아니었다.

에르나가 변호사 사무소에 있었던 이유는 신문에는 실리지 않은 사건을 파악하기 위해서였다. 물론 에르나가 아는 것보다 100배는 더 많은 저항 운동이 재판조차 이루어지지 않고 어둠 속에 묻혔겠지만.

"아무튼 나를 찾아온 이유는 납득했어."

장은 고개를 가로저었다.

"하지만 잘못된 기대야. 네 편이 되어 줄 수는 없어."

장이 맥주잔을 들었다.

에르나는 「음」 하는 소리를 내고서, 호쾌하게 맥주를 마시는 상대방을 바라보았다.

"애초에 아버지는 처벌받는 게 당연했어."

맥주잔을 테이블에 놓고, 그는 단숨에 토로했다.

"정부에 불만이 없진 않아. 하지만 아버지는 가르가드 제국의 스파이와 내통하고 있었다는 의혹도 있었어. 폭력에 의한 혁명도 긍정했어. 당연한 말로야."

"그런……."

"아버지가 구속되었을 때, 『창세군』과 국왕 친위대 녀석들은 가족인 우리까지 신문했어. 아무것도 모르는 우리까지 비국민으로 취급했어. 애먼 우리까지 고생했다고."

당시의 기억을 씁쓸하게 여기는지 미간에 주름이 잡혀 있었다.

장은 짜증스럽게 입가를 닦았다.

"돌아가 줘. 내 생활을 걸면서까지 도와줄 수는 없어."

"……."

교섭은 실패로 끝난 것 같았다.

지금의 에르나는 그의 마음을 바꿀 만한 이야기를 가지고 있지 않았다. 또한 이 이상 술집에 있는 것도 득책이 아니었다. 오래 머물면 『창세군』에게 발각되어 구속당할 수도 있었다.

고민하고 있으니, 옆에 있는 아네트가 에르나의 소매를 잡아당겼다.

"어떡할래요? 에르나."

귓가에 몰래 속삭였다.

"역시— **손가락 한 개 정도는 뜯을까요?**"

음, 하고 반응하자, 아네트가 이를 보이며 웃었다.

그녀의 옷소매에 호두까기 같은 기계가 있는 것이 보였다. 고문용 도구였다. 에르나가 고개를 끄덕인다면, 장은 손가락이 망가지고 기꺼이 에르나와 아네트를 기숙사로 안내해 줄 것이다.

"아네트."

에르나도 작은 목소리로 대답했다.

"음?"

"말했을 텐데. 괜한 짓은 안 해도 돼."

"에이."

"앞으로 3분 뒤에 가게를 나갈 거야."

"나님! 서둘러 밥을 먹어 치워야 해요!"

아네트가 눈앞에 있는 조개 요리를 급하게 먹기 시작했다. 오랜만에 먹는 따뜻한 요리라서 그런지 정신없이 포크를 움직였다.

장은 쓴웃음을 지으며 아네트를 보고 있었다.

그 눈에서 죄책감이 얼핏 보였다. 가엾다는 듯 고개를 가로저었다.

"……경솔한 짓은 할 수 없어."

경계하듯 주위를 둘러보고, 에르나 쪽으로 몸을 숙여 속삭였다.

"너희가 『창세군』의 수하가 아니라는 증거가 있나?"

"응……?"

"그들은 낚시를 좋아해. 반정부 사상을 가진 자를 밝혀내기 위해 미끼를 뿌린다. 불쌍한 부녀자나 귀족의 하인 등 종류는 다양해. 정부 타도의 사상을 무심코 흘리면 구속당하지."

낚시, 라고 불리는 첩보 기관의 수법이었다.
^{피싱}

적대자가 있는 곳에서 정보통이나 이용하기 쉬운 장기말을 활동시켜서, 상대방이 먼저 접촉해 오기를 기다린다. 장은 자신의 사상이 의심받고 있는 것은 아닌지 경계하고 있었다.

"2년 전에 클레망 3세가 즉위한 이후로 반정부 사상의 단속은 한층 엄격해졌어. 불꽃놀이를 좋아하여 대관식 밤에 대량의 불꽃을 수도에 쏘아 올렸으면서, 겁쟁이라 반란 분자를 단속하는 데 아주 열심이야. 전왕 같은 위압적인 대외 정책도 옛 같지만, 현왕의 지배적인 정보 통제도 정상이 아니야. 발레리 수상이 시키는 대로 하는 꼭두각시라는 소문도 있어."

거기까지 말하고 자신의 말이 과했다고 생각했는지 「물론 왕에게도 사정은 있겠지만」이라고 덧붙였다.

이번 임무에서 가장 중요한 인물의 이름이 나왔다.

—클레망 3세.

15년 가까이 통치했던 브누아 전 국왕은 2년 전에 국왕 자리를 양도했다.

건강 문제 때문인 것 같지만, 엄격한 대외 정책 때문에 다른 의원과 대립하여 지난 선거에서 왕당파가 패배한 탓이라는 소문도 있었고, 진위는 확실치 않았다.

국왕이 퇴위하든 말든, 이 나라의 절대적인 권력 구조는 하나도 달라지지 않았다.

정치의 중추인 수상은 교체되지 않았다. 국정에 계속 관여하고 있었다.

—피에르 발레리 수상은 《효암 계획》을 제안한 인물이다.
^{노스탤지어 프로젝트}

그뿐만 아니라 나라를 실질적으로 지배하는 『니케』 또한 계속 군림하고 있었다.

"근거 없이 믿었다가 목숨이 노려지는 건 사양이야."

장의 목소리는 겁먹은 듯 떨리고 있었다.

그 후, 아네트가 정신없이 요리를 먹는 동안, 에르나와 장은 몇 가지 정보를 교환했다. 의지할 만한 곳이 또 없는지 물었지만, 좋은 답은 얻지 못했다. 에르나가 할 수 있었던 것은 마지막으로 그에게 한 가지 부탁을 하는 것뿐이었다.

가게 밖으로 나가니 마침 가랑비가 내리고 있었다. 우산을 쓸 정도는 아니지만, 안개처럼 가는 비가 몸을 적셨다.

가로등은 이미 켜져서 피르카의 거리를 은은하게 밝히고 있었다.

아네트는 만족스럽게 배에 손을 얹고 있었다.

"나님! 배불러요! 졸려졌어요!"

"……."

대답은 할 수 없었다.

생각해야 할 일이 수두룩했다. 시간을 낭비할 수는 없었다. 조심성 없이 골목에 서 있다가는 『창세군』에게 들킬지도 몰랐다.

하지만 무엇보다 우선해야 할 의제가 있었다.

"아네트, 역시 이 말만큼은 하고 싶어."

"응·응? 뭐죠?"

웃으며 돌아보는 아네트에게 솔직하게 말했다.

"아까 같은— 일반인을 협박하는 제안은 하지 말아 줬으면 해."

단호하게 전했다.

역시 아네트는 풀어 둘 수 없었다. 살의를 숨기지 않고 주저 없이 악의를 뿌리게 된 그녀는 너무 위험했다.

똑바로 그녀의 눈을 보고 고했다.

"이 나라에서는 분별없이 살인하지 않았으면 좋겠어. 함부로 남을 다치게 하는 것도 금지야. 제안도 삼갔으면 해. 에르나가 지시할 때까지 얌전히 있어 줘."

아네트의 얼굴에서 미소가 사라졌다.

작게 한숨을 쉬고, 구멍 같은 까만 오른쪽 눈으로 에르나를 보았다.

"나님, 에르나와는 대등한 입장일 텐데요."

"그건 알아."

"오히려 제가 지켜 주고 있지 않나요? 결국 오늘 묵을 곳도 없잖아요."

"감사히 여기고 있긴 해."

에르나는 시선을 돌리지 않았다.

"하지만 따라 줘."

"......"

거듭 말하자, 아네트는 불만스러운 듯 입을 다물었다.

언제까지고 가게 앞에 있을 수는 없어서 걷기 시작했다.

에르나가 길을 나아가자 아네트는 한 발짝 뒤에서 따라왔다. 발소리가 컸다. 노골적으로 불만을 드러내고 있는 것 같았다.

"1년간 줄곧 봐 왔으니까."

아까 있었던 거점에는 돌아가지 않고 다른 길로 갔다.

"이 나라를. 정부 때문에 고통받는 사람들을."

보여 주는 게 좋겠다고 판단하여 많이 설명하지는 않았다.

코를 움직여 탁함을 느꼈다.

에르나만 감지할 수 있는 불행의 조짐을 느끼며 오른쪽으로 꺾었다.

피르카 10구는 19구와 마찬가지로 이민자가 많았고, 치안과 위생이 나쁜 구역으로 알려져 있었다. 수십 년에 한 번, 호우로 범람이 일어나면 제일 먼저 피해를 보는 지역이었다. 10구의 중심에 흐르는 운하에 가까이 갈수록 악취를 응축한 듯한 시궁창 냄새가 짙어졌다.

작은 운하 옆을 나아가고 있으니, 길거리에 남성이 누워 있는 것이 보였다.

그뿐만 아니라 대여섯 명의 남녀가 길가에 쓰러져서 공허한 눈으로 밤하늘을 올려다보고 있었다.

"……아편……이군요."

아네트가 중얼거렸다.

에르나는 짧게 「보기 드문 광경은 아니야」라고 말했다.

귀족 우대 사회의 말로였다.

경찰과 재판소의 요직을 맡으려면 능력보다도 핏줄과 연줄이 중요했다. 유동성을 잃은 조직은 예외 없이 부패하고, 단속하는 조직이 썩으면 마약은 사회에 만연해진다.

소문으로는 암흑가와 내통하는 귀족도 많다고 했다.

길을 나아가자 고함이 들렸다.

한 남성이 청년 네 명에게 둘러싸여 있었다.

남성은 몸집이 작았고 40대 중반으로 보였다. 초라한 행색의 청년들이 침을 튀기며 「너 가르가드 제국민이지?」라고 소리치고 있었다.

"아, 아니, 저는 할아버지 대부터 이 나라에서 장사를—."

제국민인 것 같은 남자는 변명할 기회도 얻지 못하고 얻어맞았다.

청년들은 땅에 엎어진 남자에게 「이 침략자!!」 「보나 마나 스파이 짓을 하고 있겠지!」라고 외치며 공놀이를 하듯 남자를 걷어찼다.

너무나도 참혹한 광경이었다. 근처에 다른 사람들도 있었지만 아무도 도우려고 하지 않았다. 아편에 취해 꿈을 꾸듯 멍하니 있거나, 경멸하는 시선을 남성에게 보낼 뿐이었다.

"……시민 혁명이 무너진 나라."

에르나는 나직이 중얼거렸다.

"그게 이 나라야. 현재 상황을 바꿀 희망조차 품지 못하고, 약물이나 차별로 울분을 해소할 수밖에 없어. 이런 지독한 차별도 그저 방치돼."

주먹을 움켜쥐었다.

"—이 나라에 사는 사람들은 늘 곤궁해."

제국민 남성은 저항을 포기한 듯 몸을 웅크리고 있었다. 마치 등딱지 속에 숨는 거북이처럼 저항하지 않는 그의 등과 옆구리를, 청년들은 즐겁게 걷어차고 있었다.

에르나는 참지 못하고 걸음을 뗐다.

"도와주러 갈 필요는 없어요."

냉담한 목소리가 들렸다.

돌아보니, 아네트가 졸린 듯 하품을 하고 있었다.

"에르나, 뭔가 착각하고 있지 않아요?"

그녀는 이 광경을 봐도 아무런 생각이 안 드는 것 같았다.

"어찌 되든 좋아요. 이 나라 녀석들이 어찌 되든. 우리는 딘 공화국의 스파이지, 정의의 사도가 아니에요. 필요하다면 협박이든 살인이든 한다고요."

"아네트……."

"—『등불』은 이 나라를 구하러 온 게 아니에요."

싸늘한 시선과 함께 말했다.

아네트가 말했다는 게 믿기지 않는 정론이었다. 보통 같으면 절대 하지 않았을 말이다. 그럼에도 말해야만 한다고 판단한 걸까.

하지만 정면으로 반대해야 했다.

"틀렸어."

에르나는 고개를 가로저었다.

"여기서 저 사람을 버리는 게 진정한 실책이야."

"……나님은 충고했어요."

아네트의 제지에도 아랑곳하지 않고, 에르나는 청년들에게 다가 갔다.

"―그만둬."

청년 네 명이 「음?」 하고 의아해하며 일제히 돌아보았다.

처음에는 의외라는 듯 그저 곤혹스러워하며 에르나를 보았다가 갑자기 낯빛을 바꿨다.

"히익!!" "도망쳐!"

얼굴이 창백해진 네 청년이 뛰어가 골목 안쪽으로 사라졌다.

생각지 못한 반응이라 맥이 빠졌다.

'음, 눈빛 하나로 격퇴할 줄은 몰랐어.'

그들이 떠난 방향에 시선을 줬다.

'흐흥, 1년간 마침내 어른의 품격을 지니게 된 모양이야.'

생각지 못한 성장을 느끼고 자랑스러운 기분이 들었다.

생각해 보면 이제 에르나는 열여섯 살이다. 실은 아네트보다 키 도 컸다.

지금의 에르나는 스파이로서 기백이 있어서, 일반인이라면 노려보기만 해도 쫓아낼 수 있는— 것은 물론 아니었다.

"빙고, 빙~고. 낚였군요!"

뒤에서 섬뜩한 목소리가 들렸다.

즉시 돌아보니, 날씬한 남성이 눈앞에 내려섰다. 단안경을 쓴, 허세기가 있어 보이는 남자는 양손으로 솜씨 좋게 권총 두 개를 돌리며 에르나를 보고 있었다.

옆에는 그의 부하인 것 같은 남자가 세 명. 흰색 롱코트를 입고 있었다.

"살해 용의자인 금발 소녀. 성 카탈라츠 고등학교의 유학생, 엘핀 클라네르트. 사건이 벌어지고 이튿날 아침부터 행방불명."

단안경을 쓴 남자는 노래하듯 경쾌한 목소리로 말했다.

"역시 가르가드 제국의 스파이였나요? 동포는 버릴 수 없었던 건가요~?"

청년들은 그를 보고 황급히 도망친 것 같았다.

에르나가 방금 도운 가르가드 제국민 남성도 그 존재를 알아차리고 비명을 질렀다.

"『창세군』 방첩 제2과 니르파 부대 대장. 『모모스』라고 불리고 있죠."

역시 근처까지 와 있었다. 예리한 후각에 감탄할 수밖에 없었다.

남자는 양손에 든 권총을 옆으로 기울이고 방아쇠에 동시에 손가락을 걸었다.

"기억하지 않아도 됩니다. 곧 잊을 수 없게 될 테니."

좌우의 권총이 지근거리에서 동시에 발포되었다.

즉시 오른쪽으로 뛰어 총알을 피했지만, 원래부터 맞힐 생각은 없었던 것 같았다. 블러핑. 방첩 공작원은 간단히 스파이를 죽이지 않는다. 붙잡아서 신문하는 것이 기본이다.

알고 있어도 에르나는 자세가 무너져 버렸다.

『모모스』라고 이름을 밝힌 남자는 즉각 거리를 좁혀 에르나의 머리를 권총 그립으로 후려쳤다.

시야가 폭발한 것처럼 화이트아웃했다.

정통으로 공격을 맞았다.

의식이 날아갈 것 같았지만, 곧바로 몸을 가누고 치마에서 단검을 꺼냈다.

"히트, 히~트. 타격감이 아주 좋네요."

『모모스』는 또 노래하는 듯한 리듬으로 권총을 문지르고 있었다.

피가 나는 뺨을 닦는 에르나 옆에 아네트가 무표정으로 바짝 붙었다. 그리고 포위해 오는 흰색 코트 네 명을 날카로운 눈으로 노려보았다.

"······."

아네트는 아무 말도 하지 않았다.

아직 화가 나 있는 걸까? 아니면, 그러게 충고하지 않았느냐며 어이없어하고 있는 걸까?

어쨌든 일단은 이 사태에 대처하는 것이 우선이었다.

상대는 훈련받은 『창세군』의 공작원 네 명. 정면으로 싸우지 않고 달아나는 것이 타당한 선택이리라. 적어도 『모모스』의 움직임은 뛰어난 격투술을 가진 자의 움직임이었다.

"만약 도망치려고 한다면—."

에르나의 그 생각을 짐작한 것처럼 『모모스』는 움직였다.

뭘 하려는 건가 싶었던 순간, 다리의 힘이 풀려 주저앉아 있던 제국민 남성을 걷어찼다.

"으악!"

"—이 지저분한 가르가드 제국 사람의 귀를 자르겠습니다."

『모모스』의 얼굴에는 가학을 즐기는 희열 어린 미소가 떠올라 있었다.

에르나를 가르가드 제국의 스파이라고 착각하고 있는 것 같았다. 하지만 무관계한 일반인이 죽게 내버려 두고 싶지는 않았다.

"……윽."

『모모스』의 수상쩍게 비틀린 입매를 본 순간, 자연스럽게 알아차렸다.

분노에 휩싸여 말을 내뱉었다.

"당신들은 항상 그런 수법을 쓰는 거야?"

"네?"

"낚시^{피싱}— 스파이를 색출하기 위해 무관계한 가르가드 제국 사람을 잔인하게 괴롭혀."

그들의 말투, 그리고 나타난 타이밍을 보면 함정이라는 생각밖에 안 들었다. 장이 언급했던, 그들이 잘 쓴다는 수법이었다.

아까 그 청년들을 은근슬쩍 유도하여 제국민 남성을 공격하게 만들었을 것이다.

『모모스』는 조롱하듯 「새삼스럽네요?」라며 웃었다.

"자주 쓰죠. 스파이뿐만 아니라, 이 나라의 암 덩어리인 비밀 결사도 자주 낚여요. 스파이와 내통하여 우리 『창세군』을 애먹이는 해악 집단."

참을 수 없는 행위라서 에르나는 주먹을 꽉 움켜쥐었다.

『모모스』는 반성하는 기색도 없이 말했다.

"비인도적 행위는 가르가드 제국이 먼저 하지 않았습니까?"

목소리에는 조소가 섞여 있었다.

"독가스 병기 같은 최악의 병기를 사용한 것도 제국이 먼저였죠? 잠수함 무차별 공격도 했었고. 군수 공장에서 여성 노동자를 고용했다는 이유로 일반 시민을 남녀 구별 없이 살육하고, 이 수도에 무수한 포탄을 떨어뜨린 나라."

12년 전에 종결된 세계 대전 이야기가 나왔다.

가르가드 제국은 딘 공화국을 통로로 삼기 위해 유린한 후, 그대로 라일라트 왕국까지 쳐들어갔다. 수도 피르카에 포격을 쏟아부어 함락 직전까지 몰아붙였었다.

그 원한은 여전히 이 나라에 짙게 남아 있었다.

"전부 악랄한 제국의 잘못입니다!"

『모모스』의 목소리가 점차 커졌다.

"만연하는 아편도, 더러운 공중위생도, 경제 불황도, 우리나라가 국제 사회에서 무자이아 합중국에 뒤처지고 있는 것도, 전부 제국의 악귀들 탓입니다!"

에르나는 악취가 진동하는 골목을 다시금 둘러보았다.

총성이 울렸는데도 아무런 소란도 일지 않았다.

시야에 보이는 아편 중독자들은 이쪽을 보며 조용히 웃고 있었다. 혹은 익숙한 광경이라는 것처럼 자신과는 관계없다는 듯 눈을 내리깔고 있었다.

—1년간 줄곧 본 광경이었다.

부에 집착하는 귀족과 자본가 등의 상류 계급. 그리고 그들의 발밑에서 희망조차 품지 못하고 굶주리는 하류 계급. 인권이 있다고 말하기조차 어려운 가난한 사람들.

"……당신네 나라가 제대로 굴러가지 않는 건 시대착오적인 귀족 우대 때문이라고 생각하지 않아?"

"생각할 가치도 없군요."

잘라 버리듯이 부정했다.

지난주에 싸웠던 『창세군』의 니르파 부대 사람도 그랬다. 가르가드 제국에 대한 증오를 토로하고, 귀족을 칭송하고, 하층민을 혐오했다.

몇백 번, 몇천 번, 몇만 번을 봐도, 볼 때마다 화가 났다.

"아네트, 네 말이 맞아. 우리에게 타국을 구할 의무는 없어."

몸속 깊숙한 곳에서 광적인 열기가 솟구쳤다.

옆에 있는 소녀에게만 들리도록 말했다.

"하지만 그 이상으로— 에르나의 출신은 딘 공화국의 귀족이야."

에르나라는 소녀의 출신이었다.

공화제라서 이름뿐인 귀족이긴 했지만, 지위가 있는 집안이었다. 화재로 가족이 죽은 것은 인생의 운명을 결정지었다.

"부유한 자로서 가난한 자에게 봉사하는 것— 그건 어린 에르나도 배운 당연한 상식이야. 남을 희생하고서 거드름 피우는 귀족을 아빠와 엄마는 용납하지 않아."

그렇기에 에르나는 눈앞의 광경을 볼 때마다 분노했다.

클라우스는 그 마음을 헤아리고 에르나를 작전의 중심에 배치해 줬다.

"아빠와 엄마의 딸로서 사람을 구하는 것— 그게 선생님이 이끌어 준 에르나의 존재 증명이야."

귀족 집안에 태어나 자신 혼자 살아남았다.

그들의 이상적인 딸이 되고 싶어서, 혼자 살아남은 가치를 보이고 싶었다.

에르나가 스파이가 되고자 한 근원이었다.

그렇기에 이 썩어 빠진 귀족 사회에 영혼으로부터 반항하고 싶어졌다.

충동을 해방하라는 듯 배려해 준 클라우스에게는 아무리 감사해도 부족했다.

"안심해도 돼. 아네트."

"음?"

"네가 날뛸 수 있는 타이밍은 준비해 줄 거야. ─바로 지금처럼."

"……!"

에르나가 각오를 말한 순간, 아네트가 눈을 크게 떴고 몇 초 후에 「아아!」 하고 외쳤다.

분위기와 전혀 어울리지 않는 언동이었다. 기쁘게 웃으며 천진난만하게 폴짝 뛰었다.

"과연, 그걸 노린 거였군요. 나님! 착각하고 있었어요!"

아까까지 느꼈던 언짢음은 사라진 것 같았다.

『모모스』는 아네트의 갑작스러운 변화에 꺼림칙하다는 듯 얼굴을 찌푸리고 있었다.

「너답지 않게 감이 둔해」라고 말하며 에르나는 쓴웃음을 지었다.

"나님, 포만감 때문이라고 생각해요! 정말로 졸렸어요!"

"요즘 너무 많이 먹어."

"우우! 나님! 많이 먹고 키를 키워야 해요!"

"에르나랑 차이가 벌어져서 분해?"

"끄으으…… 두고 보라고요!"

갑자기 친근하게 이야기하기 시작한 두 사람을 보고 『모모스』는 짜증이 난 것 같았다.

"어린 꼬맹이의 목소리는 앵앵 시끄러워⋯⋯."

단안경을 밀어 올리고 다시 권총 두 자루를 들었다.

에르나와 아네트의 움직임이 더 빨랐다.

"허가할게."

에르나는 나직이 말했다.

"아네트, 해치워."

두 사람은 대화를 갑자기 끝내고 완벽하게 호흡을 맞춰서 동시에 다른 방향으로 도약했다. 아네트는 후방으로, 에르나는 전방으로.

후퇴하는 아네트의 치마에서 모형 비행기 네 개가 튀어나왔다.

권총을 들고 있던 『모모스』는 의표를 찔렸지만, 그것이 폭탄임을 알아차렸다. 모형 비행기가 근거리까지 날아왔으나 발포하여 격추했다.

그 판단에 실수는 없었고 겨냥은 정확했다.

폭탄이 작동할 것을 예기하여 얼굴과 목 같은 급소를 방어했다.

여기까지 『창세군』은 완벽하게 대응했다.

그렇기에 곤혹스러웠다. **모형 비행기와 함께 금발 소녀가 달려왔기 때문이다.**

"코드 네임 『망아』— 짜 올리는 시간을 가지죠!"

"코드 네임 『우인』— 애써 죽일 시간⋯⋯!"

아네트는 방호용 접이식 우산을 꺼냄과 동시에 폭탄을 폭발시켰다.

"……뭐?"

눈앞에서 일어난 광경을 『모모스』는 전혀 이해할 수 없었다.

―동료까지 폭발에 끌어들이는, 이해할 수 없는 공격.

궁지에 몰린 스파이가 자폭 공격을 감행하는 일은 가끔 있지만, 폭발 속으로 동료를 돌격시키는 수법은 본 적이 없었다. 그렇기에 반응할 수 없었다.

일이 벌어진 순서대로 이해했다.

모형 비행기 네 개는 2초 간격으로 폭발했다. 폭발 직전에 에르나에게 붙잡혀서 균형을 잃었다. 폭발로 날아온 쇳조각이 몸에 박혔다. 그리고 폭발할 때마다 에르나가 이동했다.

그 끝에 이해했다.

―『창세군』 네 명은 모두 에르나에게 붙잡혀 폭발에 휘말렸다.

―하지만 폭탄 옆에 있었을 터인 에르나는 다치지 않았다.

"……우리를 방패 삼아 폭발을 전부 피한 건가?"

"저 녀석이 만드는 불행은 익숙해."

쇳조각에 온몸이 난도질당한 『모모스』를 에르나가 조용히 내려다보았다.

그녀의 마음에는 강한 확신이 있었다.

―야습과 습격에 뛰어난 가학의 천재, 『망아』 아네트.

—피해 자작극과 회피에 뛰어난 피학의 천재, 『우인』에르나.

이 조합은 무한한 가능성을 간직하고 있다.

폭발에 휘말린 네 명은 부상당하여 일어날 수 없는 것 같았다.

그 틈에 빠르게 뛰기 시작했다. 끝장을 낼 여유는 없었다. 단검을 제외한 다른 무기는 조금 전의 공격으로 다 썼다. 폭발음을 듣고 온 다른 적에게 포위당하면 이길 수 없다.

"윽, 너희들—!!"

엎어진 『모모스』가 고통스러워하며 외쳤다.

"……이걸로 도망칠 수 있을 거라고 생각하지 마……. 결국은 일회성 묘기야. 다음에 만나면 반드시……!"

패배하고서 발악한다고 비웃어 줄 수도 있었지만, 정곡을 찌르는 말이었다.

자금은 바닥났다. 이대로 며칠이나 『창세군』으로부터 도망칠 수 있을 거라고 낙관적으로 보고 있지도 않았다.

에르나는 발을 멈추고, 상대의 마음을 꺾기 위해 말했다.

"상관없어. 어차피 이제 만날 일 없어."

"뭐?"

"충분히 이용했으니까."

그 말만 하고서 바로 떠났다.

그들은 무슨 말인지 이해하지 못할 것이다. 에르나를 습격한 시점에, 이미 그들은 에르나의 술수에 걸려든 것이었다.

"멋있는 척하는 건 좋은데요, 에르나. 치마 찢어졌어요."

"윽, 네 폭탄은 역시 너무 위험해!"

"바로 꿰매 줄게요! 에르나는 손이 많이 가네요~!"

"자, 잡아당기지 마! 지금은 아무튼 거리를 벌려!"

"흐흥~! 나님, 알겠습니다♪."

"······갑자기 기분이 좋아져도, 그건 그것대로 기분 나빠······."

갑자기 아네트가 팔짱을 껴 오는 것에 곤혹스러워하며 골목을 달렸다.

이번에 아네트는 이해하는 게 늦었다. 정말로 졸렸던 걸지도 모른다.

─왜 에르나는 아네트에게 함부로 사람을 공격하지 말라고 엄명했는가.

─왜 에르나는 본래는 관여하지 말아야 할 가르가드 제국민을 도왔는가.

아네트가 식사에 정신 팔리지 않고, 에르나와 장의 이야기에 귀를 기울였다면 눈치챘을 것이다. 술집을 떠날 때, 에르나는 그에게 한 가지 부탁을 했다.

─『우리를 멀리서 미행해 줬으면 좋겠어.』

그게 바로 장에게 부탁한 내용이었다.

─『우리가 믿을 만한 사람인지 확인하기 위해.』

『창세군』의 공작원이 낚시를 자주 한다면, 일부러 낚이면 된다.

그리고 『창세군』을 능가하는 모습을 보이면 된다.

─『우인』 에르나에게는 불행에 이끌리는 재능이 있었다.

습격당하는 현장을 보여 주는 것은 에르나가 잘하는 분야였다.

장이 다니는 대학 근처의 교회에서 그와 합류했다. 밤에 사람 그림자는 없었다.

미행을 경계했지만, 다행히 뒤를 밟힌 것 같지는 않았다.

재회한 장은 조금 긴장하고 있는 것 같았다. 에르나를 다시금 관찰하는 듯한 시선을 보내며 의자에 앉아 있었다.

"봤습니다. 너희가 말한 대로."

경악했는지 목소리가 살짝 날카로웠다.

"……나에 관해서는 어디까지 알고 있죠?"

"반정부 사상을 가졌다고 추측되는, 학생 기숙사의 기숙사장. 처음에 알고 있었던 건 그게 다야."

적어도 브라스리에서 만났을 때는 그것밖에 몰랐다.

하지만 에르나는 어떤 기대를 가지고서 만남에 임했다. 대화를 나누면서 확신을 얻었고, 자신의 정보를 보여 주자고 판단했다.

"하지만 당신은 명백하게 티를 냈어."

"……무엇을?"

"과거의 일이 있다지만, 일반인이 『창세군』의 피싱을 경계할까?"

거의 자백에 가까웠다.

—자신은 첩보 기관의 경계 대상이 될 수 있는 인물이라는.

그런 알기 쉬운 힌트를 준 것은 그 나름의 자비였을 것이다.

거의 초면이지만, 에르나는 장의 정의감에 호감을 가지고 있었다.

"그리고 지시도 했어. 『근거 없이 믿을 수 없다』라고. 『근거를 보이면 믿어 주겠다』라는 말이잖아?"

"……이쪽도 외줄을 타고 있거든."

장은 어깨를 으쓱이고서 쓴웃음을 지었다.

"찬동자는 원해. 하지만 믿을 수 없는 인간을 함부로 끌어들일수는 없어."

"우리의 힘은 보여 준 대로야. 상응하는 훈련은 쌓았어."

"그래, 훌륭했어. 정체가 뭐야?"

"가면서 자세히 이야기할게. 일단은 이름 없는 공작원이라고 생각해도 돼."

"일단 믿겠어. 너희가 『창세군』과 적대하고 있는 건 진실인 것 같아. 게다가 가르가드 제국의 남성을 버리지 않은 자세는 훌륭했어."

장은 의자에서 내려와 두 팔을 벌리고 환영하는 포즈를 취했다.

"숨겨 줄게. 우수한 동료는 한 명이라도 더 필요해."

크게 웃으며 그는 자신의 정체를 밝혔다.

"지하 비밀 결사 『의용 기사단』— 대표인 내가 너희를 환영하지."

막간 초원 I

『초원』 사라가 스파이라는 길을 걷게 된 경위는 「어쩌다 보니」였다.

부모님의 레스토랑에서 육군 정보부와 가르가드 제국의 스파이 간의 총격전이 발발했다. 육군 정보부의 엉성한 구속으로 인한 실책이었다. 잠복 장소에서 달아난 스파이는 사라의 부모가 경영하는 레스토랑으로 도주. 손님을 인질로 잡고 농성했다.

당시 열두 살이었던 사라는 다행히 학교에 가 있어서 사건에는 휘말리지 않았다.

사라가 목격한 것은 폭탄으로 반파된 가게였다.

막연하게 이어받을 거라고 생각했던 가게는 경영할 수 없을 정도로 부서져 있었다. 국가는 총격전의 진상조차 알려 주지 않았고, 지급된 보전금은 쥐꼬리였다. 지역 주민에게 사랑받았던 가게였지만, 원래부터 마을의 인구 자체가 줄어들어 수입이 떨어진 참이었다. 가게를 수리할 여력은 없었다.

부모는 눈 깜짝할 사이에 가업을 폐업했다.

문제는 당면한 생활 자금이었다.

일자리를 찾아 가족 모두가 도시로 이사 갈 수밖에 없었다. 하지만 요즘 시대에 수도에서 바로 일자리를 구할 수 있을지 알 수 없었다. 한창 클 때인 딸도 있었다.

매일 밤 통장을 바라보며 고민하는 부모를 사라는 몰래 보았다.

"육군 정보부 놈들, 저질렀구나. 꼴이 말이 아니네."

그런 때에 묘한 남자가 찾아왔다.

소년 같은 살가운 미소를 짓는, 유행을 반영한 5대5 가르마의 금발을 찰랑이는 남자. 호기심이 깃든 반짝이는 눈으로 반파된 레스토랑을 보고 있었다.

"누구심까? 지금 가게는……."

마침 가게를 청소 중이던 사라는 수상한 남자에게 말을 걸었다.

그는 「음, 견학」이라고 말하며 넉살 좋게 웃었다. 그리고 사라를 머리끝부터 발끝까지 천천히 훑어봤다. 전부 꿰뚫어 보는 것 같은 꺼림칙한 눈이었다.

"뭐, 뭐죠……?"

무심코 사라가 몸을 긴장시키자 상대는 다시 웃었다.

"있잖아, 아가씨. 이 가게의 수호신을 알아?"

"수호신?"

"그래. 육군 정보부가 총과 폭탄을 무식하게 퍼부은 사건이 있었잖아? 그때 농성하던 얼빠진 스파이의 빈틈을 노린 것이—."

넉넉하게 간격을 두고서 그는 말했다.

"—용감한 매 한 마리였어."

"……아아, 그런 것 같더군요."

사라는 저도 모르게 쓴웃음을 지었다.

최근, 짐승에게 공격당했는지 다친 매를 길에서 보고 간호한 적이 있었다. 그 이후로 매는 사라를 따르며 가게 근처를 날아다녔다.

사라가 모르는 곳에서 대활약을 한 것 같았다.

"육군 정보부의 뒤치다꺼리를 하다가 유쾌한 이야기를 들어서 말이야. 그런 용감한 매가 있다면 꼭 우리『화염』에―."

"―네, 이 아이를 말씀하시는 거죠?"

손으로 휘파람을 불자 매는 바로 날아왔다. 가게의 깨진 창문으로 솜씨 좋게 들어와서 사라 옆에 내려앉았다.

이 정도 재주는 어느새 부리게 되었다.

금발 남성은「우오」라며 눈을 반짝였다.

"꽤 잘 따르네. 굉장한 기술이야."

"기술이라고 할까, 단순히 저를 좋아하는 겁다."

"흐응~."

"저는 예전부터 그렇습다. 동물이 늘 지켜 주죠."

애완동물이 칭찬받으니 저도 모르게 말이 많아졌다.

나불나불 정보를 늘어놓자 그는「……우연히 보물을 찾았을지도」라며 입매를 비틀었다.

"음?"

"나 스카우트거든."

"스카우트?"

"그래. 멋진 인재를 발견하면 추천할 수 있는 권리를 가지고 있어. ─스파이로 말이야."

갑자기 나온 「스파이」라는 단어에 눈을 깜빡였다.

가장 먼저 떠오른 것은 망가진 가게였다. 나라에서 확실히 설명하지는 않았지만, 소문을 통해 스파이의 짓이라는 것은 알고 있었다. 아무튼 흉흉한 세계.

스카우트라는 남자는 계속 말했다.

"돈이 궁하다면─ 양성 학교에 오지 않을래?"

어라? 하고 생각했다.

가정 형편이 어렵다는 것을 그에게 이야기한 적은 없었다.

당황한 사라 앞에서 남자는 계속 말했다.

"그래. 적어도 당분간 네가 쓸 생활 자금은 국가가 부담할 거고, 만약 스카우트료를 부모에게 주길 원한다면 지불할게. 상사에게 돈을 빌려올게."

"아, 아니, 무리임다! 저 같은 게─."

"할 수 있어."

황급히 부정하는 사라에게 남자는 간단히 긍정했다.

강한 확신이 담긴 음성이었다.

"안목에는 자신 있어. 난 살면서 내기에 진 적이 없거든."

이의를 제기할 수 없는 위엄이 깃들어 있었다.

반론하지 못하자 남자는 다시 살갑게 웃었다.

"일단 한번 가 보는 게 어때? 안 되겠다 싶으면 2~3년 뒤에 그만두면 돼."

"예? 그렇게 단순한 마음으로 가도 되나요?"

"공짜로 유학한다고 생각하면 돼. 장래에 도움이 될 기능도 배울 수 있고."

"하아…… 그렇군요…….."

대수롭지 않게 설득하니 마음이 흔들렸다.

양성 학교에 가는 것뿐이라면 목숨을 잃을 만한 위험한 일을 겪지는 않을 것이다. 생활 전반을 챙겨 준다면 부모님을 고생시키지도 않는다. 정말로 이 남자가 스카우트료를 준다면 부모님은 편해질 터다. 이 남자의 희망도 이루어진다.

―각각의 이해관계가 완벽하게 조정되었다.

너무 매끄럽게 일이 풀려서 부정할 말이 안 나왔다.

"만약 올 거라면 내가 코드 네임을 정해 줄게."

자신만만한 남자의 말에 마음은 흔들리고 있었다.

『초원』 사라가 스파이라는 길을 걷게 된 경위는 「어쩌다 보니」였다. 엄밀히 말하면― **그렇게 되도록 조정한 인물이 있었던 것이지만.**

그러나 이제 소녀는 양보할 수 없는 목표를 가슴에 품고서 『등불』의 스파이가 되었다.

◇◇◇

그러니 말해야만 했다.

아무리 무서워도, 가당찮은 짓이어도 주저하지 않는다. 그 충동을 외면한다면 사라가 스파이 일을 계속할 의미가 없어져 버린다.

라일라트 왕국에서의 임무에 관한 회의가 끝나고 향한 곳은 클라우스의 방이었다.

갑자기 찾아온 사라를 보고서 클라우스는 싫은 기색을 내비치지 않았다. 의아한 듯 바라보았다.

사라는 크게 숨을 들이마시고, 가슴을 펴고서 전했다.

"저는 납득할 수 없습니다……!"

확실하게 잘라 말했다.

"―이번 작전, 수정해 주세요."

소녀들이 클라우스에게 작전을 수정해 달라고 말하는 일은 없었다.

의문을 표할 때는 있지만, 기본적으로 『등불』은 그의 지시대로 움직였다. 때때로 이해할 수 없는 표현을 쓰긴 해도, 경험이 풍부하고 실력도 있는 그를 전폭적으로 신뢰하기 때문이었다.

그렇기에 사라의 행동은 이례 중의 이례였다.

의자에 앉은 클라우스가 눈을 깜빡였다.

"하고 싶은 말이 뭐지? 설명해 주겠나?"

"이전에도 말씀드렸다시피, 저는 난생처음으로 목표를 발견했어요."

주눅 들지 않고 계속 말했다.

"『등불』의 수호자— 멤버 중 누구도 죽게 하지 않는다. 멤버가 후련하게 은퇴하는 그날까지 동료를 지켜 낸다. 그것에 제가 그리는 이상적인 스파이예요."

이미 많은 멤버에게 밝혔다.

—『등불』의 수호자.

임무의 성패보다도 『등불』 멤버의 목숨을 우선한다.

이제껏 목표가 없었던 사라가 마침내 찾아낸 것.

"에르나 선배와 아네트 선배가 위험해지는 계획은 인정할 수 없어요."

클라우스의 이번 계획은 사라의 신념과 상반되었다.

멤버 전원이 뿔뿔이 흩어지면 동료를 지킬 수도 없다. 백 보 양보하여 임무를 위해 흩어지는 것을 받아들이더라도, 지금의 편성은 위험이 너무 컸다.

"에르나 선배가 작전의 중심인 것은 이해했어요. 그렇다면 짝을 이루는 건 모니카 선배나 지비아 선배— 비상시에 에르나 선배를 지킬 수 있는 사람을 배치해야 함다."

아직 어린 구석이 남은 콤비가 임무의 최전선에 나선다.

그걸 상상하기만 해도 사라는 몸이 떨렸다. 만약 그녀들에게 무슨 일이 생기면 어쩌나, 싶어서.

"그 아이들을 지키기 위해— 저는 작전을 다시 짤 것을 요구합니다."

"……."

클라우스는 바로 대답하지 않았다.

가만히 사라를 마주 보고 있었다. 표정근은 전혀 움직이지 않았다. 무서울 정도로 삭막한 표정이었다.

쿵쾅거리는 심장 소리가 점점 커졌다.

무례하기 짝이 없다는 자각은 있었다. 풋내기인 자신이 보스에게 의견을 말하다니 너무 주제넘은 짓이었다. 온몸에서 땀이 샘솟아서 추울 지경이었다.

도망치고 싶은 마음을 참고 있으니, 마침내 클라우스가 입을 열었다.

"사라—."

질책받을 것이라고 생각하여, 사라는 몸을 긴장시키고서 이어질 말을 기다렸다.

"—잘 성장했구나. 동료에게 한마디도 못 했던 때와 비교하면 큰 진보야."

"예……?"

칭찬받은 것 같았다.

클라우스는 만족스럽게 팔짱을 끼고서 고개를 주억거리고 있었다. 마치 기쁨을 곱씹는 것처럼.

생각지 못한 반응이라 맥이 빠져 버렸다.

"환영해, 사라. 너는 진정한 스파이를 향한 위대한 한 걸음을 내디디려 하고 있어. 그렇다면 나도 한 명의 스파이로서 정면으로 응수하겠어."

"앗, 네……!"

"—인정할 수 없어. 모니카와 지비아에게는 다른 역할이 있어. 현상태가 최선이야."

그러나 대답은 거절이었다.

그것이 클라우스 나름대로 고민한 결과인 걸까. 마르뇨스섬에서 보낸 바캉스 중에 그는 첫날부터 마지막 날인 13일째까지 줄곧 고뇌했었다. 부하의 목숨과 사명을 저울질했었다.

"……윽, 제 사심일 뿐이라는 건 알고 있어요."

사라는 주먹을 움켜쥐고, 앞으로 반걸음 나갔다.

"그렇다면 최소한 저도 에르나 선배와 함께—."

"—지금의 네가 뭘 할 수 있지?"

날카롭고 예리한 목소리였다.

교사로서가 아니라 스파이로서의 정론. 가령 아네트나 에르나의 목숨이 위험해졌을 때, 고작 사라의 힘으로는 아무런 도움도 안 된다.

"……."

말문이 막힌 사라 앞에서 클라우스가 쓱 일어났다.

"……지금의 너에게는 좀 더 엄격한 지도가 적합할지도 모르겠어."

"예?"

그는 사라의 정면을 지나쳤다.

"언젠가 물려줄 생각이었어. 요리뿐만 아니라. 언젠가 은퇴할 너이기에 도움이 될 기술이지. 10%라도 습득해 낸다면 충분할 정도지만."

클라우스는 방구석에 있는 수납장의 잠금을 풀었다.

사라가 알기로 그 수납장에는 통계 자료와 지도 등이 있을 뿐이었다.

하지만 그가 어떤 조작을 끝내자 수납장에서 찰칵 소리가 나더니 뭔가가 상부에서 떨어졌다.

"그 사람의 연주가 녹음된 레코드는 다섯 장 남아 있어."

클라우스는 떨어진 종이봉투에 손을 넣어 레코드인 것 같은 케이스 다섯 장을 꺼냈다. 케이스는 새까맸고 아무것도 그려져 있지 않았다.

"그건 뭐죠?"

"『선혹』 하이디— 소리나 빛, 냄새, 공간 전체를 자신의 색으로 바꾸던 천재의 유작이야."

숨을 삼키는 사라 앞에서, 클라우스는 수납장에서 레코드플레이어를 꺼냈다.

지금부터 무엇이 시작되려는 것인지 전혀 짐작이 가지 않았지만, 그는 레코드플레이어의 플러그를 꽂고 음악을 틀기 위한 세팅을 끝냈다.

"2분간 버텨 봐."

"……네?"

"만약 버텨 낸다면 너의 의견을 들어주겠어."

당황스럽긴 했지만 사라는 준비했다. 그가 제시한 것은 물러설 수 없는 조건이었다.

클라우스는 돌아가는 레코드에 바늘을 올렸다.

"『초원』사라— 이것이 네가 내디뎌야만 하는 첫걸음이다."

다음 순간, 사라의 몸이 둘로 쪼개졌다.

2장 결사

　지하 비밀 결사에 관해서는 임무 직전에 열린 회의에서 클라우스가 설명했었다.

　"시민 혁명이 무너진 나라— 그렇게 불리는 나라이긴 하지만, 실제로는 많은 반정부 단체가 지금도 활동하고 있어. 혁명을 일으키고자 하는, 소위 말하는 지하 비밀 결사지."

　『등불』의 모든 멤버가 모인 홀에서 클라우스는 왕국의 사정을 해설했다.

　이제껏 존재했던 무수한 조직의 이름을 나열했다. 이미 없어진 조직을 포함해 50개 이상의 크고 작은 비밀 결사를 열거했다.

　개중에는 『의용 기사단』도 존재했다.

　"이 나라에서는 정부의 허가 없이 정치 단체를 결성할 수 없어. 무수한 단체가 경찰과 방첩 공작원에 의해 사라지고 있어. 주모자는 투옥당하고, 정치 결사는 지하로 쫓겨났어."

　이제 정치 결사는 대학이나 기업, 취미 단체 등으로 위장하여 운영되고 있는 것 같았다.

　하지만 많은 결사가 있어도 혁명이 일어날 기미는 없었다. 혁명을 금지하는 정부와 『창세군』이 얼마나 가혹한지 다시금 인식했다. 「시민 혁명이 무너진 나라」라는 이명은 전혀 과장이 아니었다.

『애랑』 그레테가 작게 손을 들었다.

"……그럼 어떻게 하면 혁명을 일으킬 수 있을까요?"

"『혁명의 3요소』— 이 나라에 사는 세 존재를 아군으로 삼는다."

클라우스는 손가락 세 개를 세웠다.

"첫째는— 민중. 말할 것도 없이 가장 중요한 존재야. 지하 비밀 결사와 연계하여 많은 국민의 의분을 부추겨서 혁명의 원동력으로 만든다. 거리에 바리케이드를 구축하고, 소총이나 투석으로 정부 기관을 강탈한다. 수적 우위 없이는 혁명을 시작하기도 어려워."

소녀들 중 몇 명이 고개를 끄덕였다.

역사적으로 많은 시민 혁명이 이루어졌는데, 방아쇠가 되는 것은 당연히 민중의 분노였다.

"둘째— 국왕 친위대. 육군의 한 부대로, 첩보 기관 『창세군』과 연계하여 도시를 지키는 치안 부대야. 최신 병기로 무장했고, 폭동이 발발하면 녀석들이 움직여. 선동당한 민중을 제압하는 건 간단하지. 지금껏 무수한 파업과 폭동이 그들에게 짓밟혔어."

음, 하고 초조해하는 목소리가 나왔다.

전세기의 시민 혁명 시절과 비교하면 무기의 살상 능력은 현격히 향상되었다. 혁명 진압에 탱크나 항공기가 쓰이지는 않겠지만, 기관총은 사용될 것이다.

그들을 억제하지 못한다면 대중을 선동해도 진압당한다.

"셋째— 귀족. 가령 국왕을 추방해도, 폭력으로 쟁취한 정권이 민중에게 지지받지 못한다면 혁명은 끝나지 않아. 무정부 상태가 되는 건 우리 공화국도 환영하지 않는 일이야. 정치는 자유파 사상의 대의원 의원에게 맡기더라도, 혼란을 수습할 상징은 꼭 필요해."

큰 한숨이 흘러나왔다.

혁명을 끝낼 최후의 마무리는 딘 공화국의 스파이가 맡을 수 없다. 공화제로 이행시키든, 새로운 입헌 군주제를 시작하든, 정치를 운영할 존재, 딘 공화국에 우호적인 존재를 세워야 한다.

"민중, 친위대, 귀족— 이 셋을 동료로 삼는다면 혁명은 성공해."

달성된다면 『니케』를 무력화할 수 있고, 《효암 계획》의 전모를 손에 넣을 수 있다.

말하는 것은 간단하지만, 상당히 어려운 길이었다.

속성이 전혀 다른 세 집단을 하나로 뭉친다. 이전의 임무들과는 스케일이 달랐다.

많은 소녀가 전율하는 가운데, 그레테가 고개를 끄덕였다.

"보스의 의도는 이해했습니다……."

총명한 그녀는 클라우스에게 고요한 시선을 보내고 있었다.

"즉, 저희는 넷으로 나뉘는 거군요……. 『니케』와 직접 싸워서 정면으로 《효암 계획》에 관해 알아내는 조. 그리고 그 조가 미끼로 활동하는 동안 혁명을 꾀하는 조가 셋. 많은 민중을 아군으로 삼아 혁명을 선동하는 조. 국왕 친위대와 접촉하여 혁명을 지지하도록 공작하는 조. 혁명에 찬동하고 혼란을 수습해 줄 귀족들과 연계하여 혁명을 종결시키는 조. 맞나요?"

"편의상 『니케조』『선동조』『농락조』『종국조』라고 부르기로 할까. 2인 1조가 되어 라일라트 왕국에서 활동한다."

그 후 클라우스는 각 조의 담당 멤버를 발표했다. 납득이 가는 조합이 있는가 하면, 정말 괜찮을지 걱정이 되는 조합도 있었다. 하지만 소녀들은 받아들였다.

마지막으로 정리하듯 릴리가 벌떡 일어났다.

"할 일은 명확하네요. 모두 흩어지더라도, 각자의 장소에서 최선을 다한다."

리더로서 위엄을 드러내듯 「흐흥」 하고 콧방귀를 뀌고서 다른 동료들을 바라보았다.

"다음에 전원이 집합할 장소는 혁명을 성공시킨 파그마일 궁전이에요."

평소처럼 태평한 발언이었지만, 그것은 『등불』의 공통 인식이 되었다.

―『전원 집합은 혁명 성공 후의 궁전』.

뿔뿔이 흩어진 1년간, 에르나는 그 말에 여러 번 격려를 받았다.

만나지 못해도 『등불』은 하나의 미래를 향해 매진하고 있다.

『선동조』― 국민을 혁명으로 이끌기 위해 자신의 역할을 다하고

자 했다.

◇◇◇

목에 건 무전기에서 아네트의 천진난만한 목소리가 들렸다.

《폭파 10초 전이에요!!》

"……뭐?"

《8, 7, 6, 5, 4, 3, 2, 1……!》

"노, 노오오오오오오오오오오오오오오오오!!"

에르나는 전력을 다해 질주했다.

내려놓은 폭탄에서 황급히 멀어져 건물의 담을 넘었을 때, 폭발음이 울렸다.

에르나는 거의 폭풍에 떠밀리듯이 벽돌담을 넘어 앞으로 엎어지면서 땅에 턱을 찧었다.

라일라트 왕국의 수도에서 남서쪽으로 50킬로 떨어진 도시에서, 대낮에 벌어진 폭파였다.

간소한 담으로 둘러싸인 건물의 벽이 폭파되었다. 검은 연기가 뭉게뭉게 피어오르고, 건물 내에서 당황한 표정의 남자들이 도망쳐 나왔다. 다행히 다친 사람은 없는 것 같았다.

누가 달려오기 전에 에르나는 곧장 현장에서 벗어났다.

골목을 나아가, 소형 바이크를 타고 대기 중인 파트너에게 다가갔다.

"너, 너, 너, 너, 너, 너어어어어어!"

성큼성큼 다가가 그대로 박치기를 먹이고 큰 목소리로 질책했다.

"폭파 10초 전에 알리는 바보가 어디 있어?!"

"에르나, 일단은 도주하죠!!"

코를 부여잡은 아네트는 반성하는 기색도 없이 웃고 있었다.

아직 잔소리를 하고 싶었지만, 아네트의 등에 찰싹 붙어 바이크에 탔다.

둘이 탈 거면 더 큰 바이크가 나왔지만, 그러면 아네트가 제대로 운전할 수 없었다. 주로 키 때문에.

"작전 대성공이네요!"

바이크를 경쾌하게 몰며 아네트가 깔깔 웃었다.

"수용소의 외벽이 파괴된 것 같아요! 체포당했던 동지를 구조하는 건 달성했어요! 이로써 『덱』씨랑 『블롯』씨의 탈주는 성공이에요!"

"……이렇게 요란하게 일을 벌여도 되는 거야?"

"음~? 괜찮지 않을까요?"

아네트는 에르나를 돌아보며 태평하게 하얀 이를 보였다.

에르나는 어떻게 대답하면 좋을지 알 수 없어서 「앞을 봐」라고만 말했다.

"다음은 팸플릿을 시외로 운반하는 일이에요! 나님이 발연 장치로 철도를 막을 테니까, 그 틈에 객차에 있는 동지 『소노』한테 넘겨주세요!"

"여, 연속으로 임무야?!"

"아직 더 있어요! 저녁에는 주커 서쪽 관청에서 노동 증명서를 훔쳐 오고, 밤에는 육군의 동지 『에그타르트』 씨한테서 소총을 받아야 해요!"

아네트는 핸들을 움켜쥐고서 앞으로의 예정을 연달아 이야기했다.

바람에 날리는 앞머리를 정돈하며, 에르나는 작게 한숨을 쉬었다.

"뭔가 너, 평소보다 활기 넘쳐……!"

"나님! 때려 부수는 거 너무 좋아요!"

아네트는 즐겁게 대답했다.

지금 두 사람이 수행해야 할 임무는 수두룩했다. 수용소에 있는 동지의 탈주 보조. 팸플릿 수송과 배포. 거리에 벽보 붙이기. 신분을 사칭하기 위한 증명서 위조. 멀리 있는 동지에게 정보 전달. 새로운 인쇄업자 개척. 상류 계급으로부터 자금 조달. 무기 수송.

전부 비밀 결사 『의용 기사단』의 활동이었다.

"─비밀 결사 『의용 기사단』은 정보 선전 활동을 주로 하고 있어."

처음 만난 날, 장은 에르나와 아네트를 학생 기숙사로 안내해 줬다.

피르카 남서쪽의 14구는 『학생가』라고 불릴 만큼 많은 학생 기숙사가 늘어서 있었다. 자신의 자녀를 이 아름다운 나라에서 교육시키려는 세계 각국의 부호들의 기부로 성립된 거리에는 각국의 국제색이 넘쳐 나는 학생 기숙사가 즐비했다.

전통 있는 5층짜리 석조 건물은 도저히 비밀 결사의 아지트로 안 보였다. 남성만 입주할 수 있는 것 같았고, 안은 상당히 어질러져 있었다.

『창세군』도 이런 곳에 지하 비밀 결사가 있을 거라고는 상상도 못할 것이다.

"멤버는 주로 5구의 네 군데 대학의 학생들로 구성되어 있어. 적발과 재결성을 반복하여 지금은 교외에도 많은 동지가 있지. 교수, 인쇄업자, 경찰, 철도원, 공무원 등등. 전단이나 팸플릿을 발행해서 전국에 배포하고 있어."

1층에 있는 침실로 안내한 장은 두 개의 2층 침대 사이에 있는 카펫을 들췄다.

커다란 구멍이 뚫려 있었고, 지하 공간으로 가는 사다리가 세워져 있었다.

"건축학과의 동지가 설계했어."

장이 의기양양하게 말했다.

"학생 기숙사에만 이런 샛길이나 은신처가 있는 건 아니야. 대학 쪽에도 우리만 아는 공간이 무수히 있어. 너희에게는 아직 밝힐 수 없지만."

지하로 내려가니 의외로 널찍했다. 방이 두 개나 있었다. 벽은 기둥으로 확실하게 보강되어서 무너질 것 같지 않았다. 통기구도 있는지 공기는 답답하지 않았다.

에르나가 예상한 대로, 잠복처로서는 더할 나위 없는 장소였다.

"……며칠이나 숨겨 줄 거야?"

"7일간은 있어도 돼. 『창세군』도 영구적으로 수사하지는 못할 거야. 단서가 없으면 국외로 도망쳤다고 생각하지 않을까?"

"그렇게 간단하진 않을 거야. 변장용 도구와 새로운 신분증이 필요해."

"대담하게 요구하는구나. 하지만 우리는 활동가지 자선 사업가가 아니랍니다. 7일 치 이상의 식량과 도주용 도구를 무상으로 줄 수는 없어."

장은 도발적으로 윙크했다.

"—너희의 뛰어난 기술을 마음껏 발휘해 줘야겠어."

그 후, 에르나와 아네트는 머리를 염색하고 라일라트 왕국 각지에서 부려 먹히게 되었다.

7일간 지하에 틀어박혔고, 9일간 활발하게 반정부 활동을 수행했다.

불법이든 합법이든 따지지 않고 많은 일을 수행한 후, 에르나와 아네트는 대학 기숙사로 돌아왔다.

장이 활짝 웃으며 현관에서 맞이했다. 아흐레 만의 재회였다.

"아몬드를 먹으려면 껍데기를 깨야지."

이 나라의 속담인지 뭔지를 인용하며 박수를 보냈다. 아무것도 안 한다면 시작되지 않는다는 의미일까? 물어볼까 싶었으나, 피곤해서 말할 기력도 없었다.

"퍼펙트! 예상보다 더 일을 잘해 줬어! 설마 전부 해낼 줄은 몰랐어!"

장은 싱글벙글 웃으며 팔을 벌렸다.

"굉장하네. 한두 개쯤은 빠뜨리지 않을까 했는데."

"이 정도는 익숙해."

"솔직히 나보다 대단한 것 같아. 이거 곤란한걸. 대표 입장이 말이 아니야."

"고마워……."

아무튼 침대에서 자고 싶었다. 지하 1층의 은신처로 내려가려고 하자, 장이 「그쪽이 아니에요」라며 붙잡았다.

"오늘은 5층으로."

응? 하고 중얼거리며 그를 관찰했다.

지금까지 장의 학생 기숙사는 1층과 지하만 드나들 수 있었다. 에르나에게 밝히지는 않았지만 다른 비밀이 더 있는 것 같았다.

의아한 듯 눈을 깜빡이는 아네트와 함께 장을 따라갔다.

"『의용 기사단』은 기본적으로 4인 1조로 행동하고 있어요."

계단을 오르며 해설해 줬다.

위층에서 사람들이 이야기하는 소리가 들렸다.

"서로를 지키기 위해서죠. 수평적 연결은 일절 없고, 구성원 대다

수는 서로의 얼굴조차 몰라요. 기본적으로 서로를 코드 네임으로 부르고 있고요. 저도 모든 멤버를 파악하고 있지는 않아요."

"……음, 철저해."

"단, 간부들은 별개예요. 침식을 함께하는, 절대 배신하지 않을 동지니까요."

장이 그렇게 단언한 타이밍에 5층에 도착했다.

남자 대학생들뿐이라서 그런지, 아무 데나 벗어 놓은 옷과 과자 봉지가 흩어져 있었다. 하지만 주의 깊은 에르나는 쓰레기들 속에 설치된 기묘한 피아노 줄을 알아차렸다. 침입자를 감지하기 위한 트랩이었다.

"그렇구나, 5층은……."

"맞아. ―『의용 기사단』의 간부만이 출입할 수 있는 층이야."

복도에는 서른 명이 넘는 청년들이 모여 있었다.

남자 기숙사지만 여성도 섞여 있었다. 대학 직원인 것 같은 정장 차림의 사람도 있었다. 다들 에르나와 아네트를 향해 따뜻하게 미소 짓고 있었다.

복도 중앙에는 테이블이 놓여 있었고, 와인병과 치즈 등이 차려져 있었다.

"자! 오늘은 환영회다! 든든한 레이디가 우리 쪽에 합류했다! 우리가 요구한 과제를 만점으로 수행한 전대미문의 재녀들이다!"

장의 호령과 함께 일제히 환호성이 터져 나왔다.

그들은 모두 에르나와 아네트의 활약을 이미 들은 것 같았다. 박수와 함께 맞이하며 와인과 견과류를 권했다.

에르나와 아네트가 수행한 일은 입단 테스트이기도 했던 모양이었다.

순식간에 학생들에게 둘러싸여 잇달아 칭찬을 들었다.

"고작 일주일 만에 다수의 성과를 올렸지?"

"맞아! 우리를 수용소에서 꺼내 줬어!"

"안대를 쓴 아이는 인쇄기를 개량해 줬어."

"예전에 왕정부를 두려워하며 딘 공화국으로 망명했던 아이가 혁명가가 되어 돌아오다니— 아아, 너무 멋져!!"

물론 학생들에게는 진짜 정체를 밝히지 않았다.

라일라트 왕국 출신이라고 말해 뒀다. 중류 계급으로 태어났지만, 『창세군』에게 찍혀서 친척이 있는 외국으로 도망칠 수밖에 없었다. 복수를 맹세하며 딘 공화국의 육군 정보부에서 첩보 기술을 갈고닦고 이 나라에 다시 돌아왔다고.

겸연쩍지만, 환대해 주니 기분이 나쁘진 않았다.

아네트는 이미 의기양양하게 발명품을 자랑하고 있었다.

"나님, 새로운 통신기를 개발했어요!"

신발을 신은 채 테이블에 올라가 가슴을 쭉 펴고서 으스대고 있었다.

주위에서는 대학생들이 손뼉을 치며 환영하고 있었다.

"천재야!" "굉장해! 이런 인재를 원했어!" "이렇게 작은데!" "아직 이렇게 어린데!" "작은데 우수하다니!"

어린 나이도 환영해 주는 요인인 것 같았다. 간부들은 거의 대학생이었다. 동생이나 후배처럼 여기고 있을 것이다.

하지만 아네트는 혀를 찼다.

"방금 나님보고 작다고 말한 사람은 빠짐없이 죽이겠어요!"

""""잘못했습니다아아아아!!""""

대학생 간부들이 꾸벅 사과했다. 뺨을 부풀리는 아네트에게 설설 기며, 아네트가 대학의 기재로 개량한 통신기를 나눠 받았다.

의외로 아네트도 학생들과 잘 지내고 있는 것 같았다.

그걸 보고서 에르나는 환영회의 중심에서 벗어나 장에게 갔다.

"이제 우리도 간부인 거야?"

"맞아. 임시 간부지."

장은 치즈를 먹으며 살갑게 대답했다.

"C랭크 수준의 기밀 정보라면 밝힐 수 있어. 궁금한 거 있어?"

"지금까지 발행한 기관지를 전부 보여 줘."

장은 바로 지하 창고에서 기관지를 가져다줬다. 기관지 『명예』. 약 10페이지의 팸플릿이었다. 과거에 수십 가지를 발행한 모양이지만, 적발당해서 폐기된 것도 많았다.

현존하는 기관지는 다섯 개라고 했다.

왕정부가 과거에 저지른 잘못들. 세금의 사적 이용. 귀족과 왕족이 일으킨 상해 사건의 은폐. 정책 실패로 가난하게 사는 사람들.

무자이아 합중국에서 돈을 펑펑 쓰고 있는 관료의 추태. 그리고 왕정부의 헌법 위반을 호소한 법학자가 살해당했다는 사실.

용케 글감을 모았다고 감탄하면서, 잉크가 묻어 있는 방식이 신경 쓰였다.

"……기계 인쇄?"

"안목이 뛰어나군요."

장이 용케 알았다며 미소 지었다.

"학생 기숙사의 지하 거점에서 원고를 쓰고, 여러 조판 공장에서 따로따로 조판을 만들고, 인쇄 공장에서 마침내 하나가 되죠."

"응, 대단해. 수작업으로 인쇄하는 결사도 많은데."

"등사기를 사용한 인쇄 말이죠? 선대는 그랬죠. 저는 아버지의 연줄이 있어서 기계 인쇄에 이를 수 있었어요."

"……그리고, 이 종이에 묻은 흔적."

"정말 잘 알아차리네요. 일부 팸플릿에는 은현잉크를 사용해서 특별한 지시를 보내고 있어요. 두통약과 알코올을 섞은 특제 잉크죠."

"……."

"뭔가 신경 쓰이는 점이라도?"

"아니."

실례되는 얘기라서 말해도 되나 망설이며 고했다.

"솔직히 놀랐어."

"무엇에?"

"상당히 내실이 탄탄해. 예상보다 훨씬 더."

그들의 활동 방식은 첩보 기관의 방식이었다.

이따금 학생다운 위태로운 부분은 있지만, 조직 편성이나 개인 정보 취급, 트랩 등이 꽤 교묘했다. 경찰과 관청에 협력자가 있어서 구심력도 있었다.

에르나가 감탄하고 있으니 장이 나직이 중얼거렸다.

"『LWS 극단』— 전설의 비밀 결사가 퍼뜨린 수법이에요."

갑자기 생소한 말이 나왔다.

에르나는 고개를 갸웃했다. 처음 듣는 조직이었다.

"거긴 또 뭐야?"

"글쎄요?"

"모르는 거야……?"

"수수께끼가 많아요. 예전에 존재했던 것은 틀림없지만, 아쉽게도 이미 괴멸했다고 해요. 그리고 그들이 구체적으로 무엇을 했는지는 아무도 몰라요."

장도 잘 모르는지, 손바닥이 위로 가도록 손을 들고 있었다.

"근데 왜 전설로 취급해?"

"그것도 수수께끼예요. 다만 라일라트 왕국의 비밀 결사에 큰 영향을 줬다고 여겨지고 있어요. 업계에선 유명해요. 화려한 걸 좋아하는 최고의 비밀 결사라고 말이죠."

"……하지만 그들이 뭘 했는지는 아무도 모르고?"

"그 미스터리어스한 분위기도 매력이죠. 이제 존재하지 않는다는 게 아쉬워요."

황당했다. 클라우스가 몰랐던 걸 보면 최근에 생긴 비밀 결사일 것이다.

아무튼 이 나라의 비밀 결사의 역사는 긴 것 같았다. 많은 조직이 생겼다가 사라졌다. 그만큼 혁명을 달성하기 어려운 것이리라.

에르나는 엄정한 표정을 짓고 있는 장을 바라보았다.

꼭 물어봐야 했다.

"『의용 기사단』의 최종 목적은?"

"뻔하잖아?"

장은 재미있다는 듯 웃고서 눈앞에 있는 간부들을 가리켰다.

"왼쪽 끝에서 와인을 마시고 있는 법학부 학생 『네이브』는 숙부가 『창세군』에게 잡혀 있어. 네가 구출한 『덱』은 기계공학부로 내 오른팔이야. 아버지는 가르가드 제국민. 그 이유로 스파이 혐의를 받은 적도 있어. 앞에서 통신기를 시험하고 있는 여성인 『블롯』은 집안의 농지를 국가에 압수당한 과거가 있어. 옆에 있는 대학 직원 『스커트』의 아버지는 전직 경찰관으로, 국왕 친위대의 뜻을 거스르자마자 퇴직해야 했지."

장이 말한 것은 정부에게 받은 핍박이었다.

왕정부가 보호하는 귀족이나 첩보 기관에 의해 가족 혹은 자신이 고통받은 사람들. 얼핏 보면 평범한 대학생들 같지만, 다들 강한 마음을 품고 있는 것 같았다.

장의 아버지도 『창세군』에게 잡혀 있었다.

"간부 전원이 즉답할 거야. ―우리의 목적은 왕정부의 타도다."

강하게 고한 말에 거짓의 색은 섞여 있지 않았다. 순수한 애국심
만이 담겨 있었다.

거기까지 말한 장은 부끄러운 듯 목덜미를 문질렀다.

"다만 현재 상황은 목표와 거리가 멀죠. 기관지를 배부하고 있을
뿐이니까 당연하지만."

"응, 그렇게 쉽지 않아."

그도 정보 선전 활동만으로 혁명이 일어날 거라고는 생각하지 않
는 것 같았다.

고작 팸플릿만 배부해서 사회가 바뀐다면 고생할 일도 없다.

"작은 비리를 폭로하고 있을 뿐이니까요. 국내의 반정부 기운이
단숨에 높아져서 각지의 비밀 결사가 연대할 만한 스캔들을 잡을
수 있으면 좋겠는데―."

"괜찮아."

에르나는 고개를 끄덕였다.

"음?"

"그걸 위해 내가 왔어. 여기 있는 모든 간부보다 더 우수한 내가."

하급 간부로 끝날 생각은 없었다.

이것은 에르나에게 혁명의 첫걸음이었다. 『의용 기사단』에 잠복하
며 활동을 넓혀서, 다른 비밀 결사와 연대하여 국민이 혁명을 일으
키도록 선동할 것이다. 그리고 친위대와 귀족들을 회유한 『등불』의

멤버와 연계하여 혁명을 완수한다.

"뭔가 할 수 있는 일은 없어? 막연한 미래가 아니라. 지금 혁명을 달성하기 위해."

"……그래, 너희라면 할 수 있을지도 몰라."

장은 에르나의 강경한 발언을 부정하지 않았다. 열띤 눈으로 바라보았다.

"프리드리히 공업 지대에서 일어난 폭발 사고. 그걸 조사해 줬으면 해."

환영회가 끝나고 장은 에르나와 아네트에게 한 여성을 소개해 줬다.

니콜라 대학의 의학부에 다니고 있는 그녀는 지하 거점에서 「이건 2주 전의 지방신문이에요」라며 신문 기사를 보여 줬다.

발행 부수가 빈약한 지방신문. 그 끄트머리에 게재된 기사.

─『프리드리히 공업 지대의 탄광에서 원인 불명의 폭발』.

라일라트 왕국과 가르가드 제국의 국경에 있는 도시에서 일어난 사건이었다.

지역 주민은 저녁 무렵에 갑자기 폭발음이 나더니 강한 빛이 일순 하늘을 밝혔다고 증언하고 있었다. 탄광 방향에서 그랬다고 몇 명이 똑같은 정보를 말하고 있었다.

이것만 보면 대단한 일은 아니었다.

"그리고 이게 이튿날 보도된 도지사의 답변이에요."

이어서 보여 준 것은 같은 신문의 이튿날 기사였다.

─『도지사 "공업 지대에서 보고된 사고는 없다" 헛소문에 주의 환기』.

공업 지대를 통괄하는 도지사가 사고를 전면으로 부정하고 있었다.

상당히 강경한 증언이었다. ─탄광과 경찰에서 사고 등의 연락은 오지 않았다. 모든 탄광은 안전하게 문제없이 가동 중이며, 폭발은 일어나지 않았고, 일어나서는 안 된다.

"왜 이렇게까지……?"

역시 고개를 갸우뚱하게 됐다.

장이 비웃듯이 입매를 비틀었다.

"명백한 은폐죠."

"아니, 그렇다고 해도─"

"그 공업 지대는 왕정부가 직접 관할하는 토지예요. 불명예스러운 사고가 일어나서는 안 돼요. 정부에서 압력을 가했겠죠. 도지사는 결국 정부가 파견하는 관리니까."

그런 걸까. 이 도지사의 태도는 너무 이상했다.

단순한 은폐라고 하기에는 반응이 너무 과했다.

"……이 기사를 쓴 기자와 연락할 수 있어?"

"이미 구속당했어요. 스파이 용의로."

장이 아쉽다는 듯 고개를 가로저었다.

한층 더 수상해졌다. 도지사나 왕정부는 이 폭발 사고를 철저히 없었던 일로 만들고 싶은 것 같았다. 신문 기자까지 없애 버릴 만큼.

장이 소개해 준 여성이 작은 꾸러미를 꺼냈다.

"그 공업 지대에는 우리의 동료도 많아요. 이건 폭발 사건 직전에 벨트람 탄광군에 잠입해 있던 『다이스』라는 동료가 보낸 거예요."

테이블 위에서 꾸러미가 개봉되었다.

안에 있던 것은 손바닥만 한 금속 덩어리였다.

"처음 도착했을 때는 검댕이 같은 것이 더 지저분하게 묻어 있었어요."

에르나는 그 금속을 집어 들고 「소재는 구리?」라고 판단했다.

구리를 망치로 두드려 펴서 만든 부조인 것 같았다. 날개를 본뜬 것처럼 보였다. 조명을 반사하여 무디게 빛나고 있었다.

"이 이상한 건 뭐야?"

"내가 만든 건데."

장이 쑥스러워하며 말했다.

"날개는 『의용 기사단』의 상징이야. 가혹한 임무 장소에 잠입하는 친구에게 건네줬지만, 어째선지 현지에서 돌아왔어."

"어떤 암호라는 거구나."

"그렇겠지. 프리드리히 공업 지대에서는 노동자가 보내는 우편물을 전부 검열해. 의심받지 않도록 대책을 세운 거겠지만…… 뜻이 전해지지 않는다면 의미가 없어."

원통하다는 듯 말했다.

"—이걸 보낸 친구도 실종됐어. 다른 동료에게 그렇게 보고받았어."

실종된 남자의 이름은 질베르 르뒤크라고 했다.

나이는 24세. 니콜라 대학에 다니는 학생의 형으로, 『의용 기사단』의 이념에 공감하여 정부의 악행을 파헤치기 위해 프리드리히 공업 지대에 잠복해 있었다. 장과는 죽마고우였고, 혁명을 위해 자주 뜨거운 의논을 벌였다고 한다.

그런 그가 보낸— 더러워진 구리 날개.

"……확실히 신경 쓰여. 정부의 움직임이 너무 수상해."

수수께끼의 폭파 사건, 그것을 부정하는 도지사, 취재한 기자의 구속, 공업 지대에 잠복해 있던 동료의 실종, 그가 직전에 돌려보낸 『의용 기사단』의 상징.

에르나는 작게 고개를 끄덕였다.

"조사해 볼 가치는 있을 것 같아. 뭔가 정부의 큰 약점이 있는 걸지도 몰라."

"동감이야. 원래부터 **사연이 있는** 땅이야. 만약 왕정부의 약점을 자세히 알아낸다면 혁명을 이룰 커다란 원동력이 될 거야. 위험하지만, 너희라면 맡길 수 있을 것 같아."

장은 의기양양한 표정으로 아까 보여 줬던 기관지를 들었다.

"손에 넣은 정보는 우리가 책임지고 전국에 뿌리겠어."

"……응, 해 볼게."

그들의 목적의식은 클라우스가 에르나에게 명한 역할에 가까웠다. 대중 선동. 정부를 규탄하는 정보 선전 활동에 철저히 임한다면 정말로 혁명을 일으킬 수 있을지도 모른다.

갈 수밖에 없었다.

프리드리히 공업 지대. 장이 사연 있는 땅이라고 평했듯, 그곳에는 별명이 있었다.

"—『세계 대전을 낳은 공장』."

프리드리히 공업 지대는 원래 가르가드 제국의 영토였다.

질 좋은 석탄과 철광석을 캘 수 있는 곳이었다. 산업 혁명이 시작되자 당시의 가르가드 왕국은 국책으로 개발에 착수했고, 코크스 공장과 제철소를 만들어 왕국 굴지의 중공업 지역으로 발전시켰다. 이윽고 왕국이 영토를 확장하기 시작해 제국이라는 이름을 달게 되었을 때, 이 공업 지대에서 많은 병기가 양산되었다.

이 공업 지대가 제국주의를 추진했다. 더 나아가 세계 대전을 낳았다.

종전 후, 이 지역을 경계한 라일라트 왕국은 국제 사회가 기겁하는 폭거에 나섰다.

—군대를 보내 점령한 것이다.

배상금 지급이 지연되었기 때문이라는 명목이었다. 전왕 브누아 국왕이 지시한 것으로 여겨졌다.

이 폭거는 당초 국제 협조 노선을 취하던 펜드 연방을 비롯한 많은 나라로부터 비난받았지만, 라일라트 왕국은 「우리나라가 대전으로 가장 많은 사망자가 나왔다」 「그 배상금 지급을 지체하는 가르가드 제국은 용서할 수 없다」라고 항변하며 듣지 않았다.

왕정부는 프리드리히 공업 지대를 지배하고, 국민을 이주시켜 노동시키고 있다.

이와 같은 역사적 배경이 있는지라, 공업 지대에는 군대가 상주하고 있었다.

특히 공장과 탄광에 드나들려면 번잡한 절차를 밟아야 했고, 출입하는 물건은 전부 군대가 체크했다. 총은 물론이고 통신기 종류도 기본적으로 가져갈 수 없었다.

다행히 『의용 기사단』은 연줄이 있는 것 같았다.

노동 현장이 가혹하다는 소문이 있어서, 그 사실을 파헤치기 위해 조사 범위를 넓혀 뒀다고 했다. 탄광과 공장에 동지가 잠복해 있는 모양이었다. 대대적인 활동은 할 수 없지만, 조금쯤은 도와줄 수 있는 동료가 몇 명 있었다.

스파이 기술을 이용한다면 다소의 통신기와 도구 정도는 가져갈 수 있을 것이다.

일주일도 안 되어 아네트와 에르나는 탄광 현장에 고용되었고, 새로운 신분 증명서를 발행하여 문제없이 잠입할 수 있게 되었다.

"나님! 탄광에서 노동이라니 사양이에요!"

"해――야―― 해――!"

"나님! 어떻게 생각해도 아주 힘들 거예요! 절대 싫어요!"

"시끄러워어어어어! 어쩔 수 없어어어어어어!"

"끄으아아아아아아아아!!"

"노오오오오오오오오오!"

"으이이이이이익!"

기둥을 붙잡고 늘어지는 아네트의 발을 잡아당겨서, 두 사람은 임무 장소로 떠났다.

라일라트 왕국 수도에서 철도를 갈아타고 반나절.

가르가드 제국과의 국경 부근―이라고 표현해도 될지 판단하기 곤란했다. 국제상으로는 가르가드 제국의 영토를 라일라트 왕국이 점령하고 있는 형태였다.

도중에 소지품 검사를 받고 역에서 전용 버스를 타자 목적지에 도착했다.

벨트람 탄광군― 폭발 사고가 일어났다고 여겨지는 곳.

"우오오오오오오오오오오! 나님! 엄~~청난 걸 보고 있어요!"

도착하자, 언제 오기 싫어했냐는 듯 아네트가 기뻐하며 폴짝 뛰었다.

붉고 거대한 수직갱 탑이 서 있었다. 높이는 40미터급. 기둥은 거인의 다리처럼 두꺼웠다. 탑의 상부에는 커다란 권상기가 있었고, 둔탁한 소리를 내며 가동되고 있었다. 지하에서 파낸 석탄을 지상으로 운반하기 위한 기계였다. 탑 아래에는 깊이 800미터의 지하 공간이 펼쳐져 있었다.

놀랍게도 그 붉은 탑과 똑같은 기계가 안쪽에 두 개나 더 보였다.

높직한 산을 절개하듯이 무수한 탄광이 존재하는 것 같았다.

"여기서는 현재 채굴갱 열두 개가 가동 중이야. 방금 본 건 제12 채굴갱이야."

작업복을 입은 여성이 안내해 줬다.

에르나와 아네트의 상사라는 중년 여성이었다.

"노동자는 모두 노동자용 숙소에서 생활해."

"다들 라일라트 왕국 사람이죠?"

에르나가 질문하자 여성은 「맞아」라고 대답했다.

"원래 일하던 가르가드 제국민은 쫓아냈어. 그리고 전국에서 노동 자를 징용하여 이곳으로 끌고 온 거지. 나도 5년 전부터 여기 있어."

"그렇군요……."

"뭐, 노동 환경은 최악이지만, 의식주는 보장되니까."

여성은 자조하듯 입매를 비틀었다.

"너희는 빨래를 해 줘."

담배를 피우며 걷는 그녀를 따라가 허름한 건물을 안내받았다.

얼마 전까지 대학의 학생 기숙사에서 지냈는데, 그곳보다 더 열악했다. 플라스터를 바른 벽 곳곳에 금이 가 있었다.

옆에 있는 것은 작은 작업장이라고 했다. 욕조 같은 거대한 세탁 기가 늘어서 있었다.

"노동자 8천 명분의 작업복과 시트를 빨아야 해."

방대한 양에 무심코 「응……」 하고 앓는 소리를 내고 말았다.

아네트도 역시 온 것을 후회하듯 재미없다는 표정을 지었다.

"그리고 자신이 담당하는 구역 외에는 들어갈 수 없어."

"네?"

"탄광은 1부터 8까지 구역이 나뉘어 있어. 케이크처럼 8등분. 다만 지금 우리가 있는 제1구역은 다른 구역보다 크고, 중심도 제1구역이야. 노동자는 제1구역을 경유해서 다른 곳으로 갈 수 있고, 이제 들어갈 곳이…… 으음, 제3구역인가. 가슴에 달린 번호판에 적힌 곳 외에는 들어가면 안 돼. 이게 이 탄광군의 규칙이야."

기묘한 규칙을 듣고 저도 모르게 눈을 깜빡이고 말았다.

에르나가 받은 번호판에는 「1·2·3·6」, 아네트의 번호판에는 「1·3·7·8」이라고 적혀 있었다. 상사의 가슴에도 「1·4·7·8」이라고 적힌 번호판이 달려 있었다.

미리 듣지 못했던 규칙이라 당혹스러웠다.

"그리고 사담도 금지야."

상사는 에르나와 아네트를 현장에 넘겨주고서 바로 떠났다.

쓸데없는 설명도 금지되어 있는 것처럼.

예상했던 일이지만, 탄광에서의 노동은 가혹했다.

열흘간, 에르나와 아네트는 쉬지 않고 일했다.

채굴갱에 들어가 작업하는 남성 노동자의 부담과는 비교가 안 되겠지만, 그렇다고 해서 에르나와 아네트의 일이 편한 것도 아니었다. 하루에 세탁할 양은 3천 명분. 다른 노동자와 협력하여 숙소에 벗어 놓은 작업복을 회수하고, 그것을 세탁장으로 운반한다. 물을 먹은 무거운 의류를 건조기로 이동시켜서 말리고, 마지막으로 다림질. 그리고 각 숙소로 되돌린다. 중노동이었다.

하루의 노동 시간은 열 시간을 넘었다.

첫날 여성용 숙소로 돌아왔을 때는 침대에 들어가자마자 곯아떨어지고 말았다.

이것을 매일 수행하는 다른 여성 노동자들에게 경의를 표할 수밖에 없었다.

물론 임무도 잊지 않았다.

세탁을 마친 대량의 작업복을 손수레로 운반하며, 에르나는 벨트람 탄광군의 지도를 머릿속에 만들었다. 기밀 정보인지 상사는 상세한 지도를 주지 않았다.

상당히 부지가 광대하여 끝에서 끝까지 2킬로는 넘었다.

채굴갱이 있는 곳 외에는 나무가 우거져 있어서 시야가 좋지 않았다.

—이곳 어딘가에서 폭발이 일어났다.

일단은 장소부터 특정해야 했다.

하지만 사고 현장을 조사하는 데 방해가 되는 것이 있었다.

"이봐, 여기서 뭐 하는 거지?"

첫 번째는 국왕 친위대였다. 탄갱 안을 걷는데 뒤에서 말을 걸어 왔다.

가르가드 제국의 영토를 점령 중인 상태이니 군대를 두지 않을 이유는 없다. 옆구리에 소총을 낀 치안 부대의 군인이 2인 1조로 탄광을 순회했다.

"네 번호로는 이쪽에 못 들어갈 텐데? 당장 돌아가."

질책을 듣고 몸을 돌린 에르나는 머리를 숙였다.

두 번째 장애물은 번호판의 구속이었다.

이것 때문에 전체 구역의 절반은 들어갈 수 없었다. 자유롭게 오 갈 수 없어서 조사가 진전되지 않았다. 구역의 경계에는 철망이 쳐 져 있었다.

"죄송해요. 신입이라 숙소로 가는 길을 몰라서요."

"……이쪽이다. 쓸데없는 짓은 하지 마."

군인들은 귀찮다는 얼굴로 올바른 루트를 턱짓했다.

기분 좋은 태도는 아니었다. 다시 고개를 숙이면서 소지품을 확 인했다.

'……저들이 국왕 친위대…… 분위기가 이상해…….'

그들의 가슴에서는 장엄한 금색 배지가 빛나고 있었다. 번호판은 달고 있지 않았다.

제5구역에 들어가기 직전이었지만 발길을 돌렸다.

어째선지 절대 다가가면 안 된다는 예감이 들었다.

물론 수소문도 잊지 않았다.

다른 노동자에게 은근슬쩍 사고에 관해 물었다.

예를 들면, 저녁 식사 후에 딱 한 시간 주어지는 자유 시간에. 이 때는 유일하게 사담이 인정되었다.

에르나는 제2구역에 있는 여성 숙소에 묵고 있었고, 이곳에서는 자유 시간에 항상 식당에서 트럼프를 했다. 에르나는 현장에서 어린 축에 속하기도 해서 예쁨받았다.

"언뜻 소문을 들었는데요."

에르나는 잡담 중에 질문했다.

"약 3주 전에 뭔가 사고가 있었나요? 노동자들이 엄청난 폭발음을 들었다고……. 좀 불안해져서……."

옆에 앉은 여성이 카드를 나눠 주던 손을 멈췄다.

"글쎄? 무슨 얘기지? 모르겠는데."

"예? 하지만 다른 사람이—."

"불만은 너무 말하지 않는 게 좋아. 이런 시대에 직업이 있는 것만으로도 행복한 거니까."

테이블에 앉은 다른 여성도 곤란한 듯 어깨를 으쓱였다.

그리고 화제를 바꾸려는 것처럼 잘생긴 남성 노동자에 관한 이야기로 넘어갔다. 에르나도 말을 맞추려고 본 적도 없는 남자를 추켜세웠다.

그녀들의 번호판은 「1·2·3·4」와 「1·2·3·8」.

다른 날에는 점심시간을 이용했다.

큰 소리를 내는 세탁기 바로 옆에서 배급받은 샌드위치를 베어 물고, 옆에서 묵묵히 식사 중인 노동자를 향해 웃었다. 표정이 음울한 또래 소녀였다.

"매일매일 왜 이렇게 옷이 더러워지는 걸까?"

최대한 친근감을 담아 말했다.

"가끔 옷에 피가 묻어 있던데. 역시 탄광은 위험한 걸까?"

"글쎄?"

대답은 짧았다.

"찰과상 정도는 입겠지."

"분명 힘들겠지. 어쩌면 사고 같은 게—."

"난 몰라. 그리고 사담은 금지야."

비벼 볼 틈도 없이, 소녀는 에르나를 피하듯 일어났다.

그녀의 번호판은 「1·3·4·6」.

그 후로도 가능한 한 신중하게 수소문했지만, 정보는 얻을 수 없었다.

인적 없는 곳에서 다른 대화에 섞어 은근슬쩍 말을 꺼냈으나 다들 모른다고만 했다. 헌팅 목적으로 말을 걸어온 남성 노동자에게 물어봐도 대답은 비슷했다. 다들 무뚝뚝하게 대답하고서 곧장 화제를 바꿨다.

이 이상은 삼가는 게 좋을까 고민하고 있을 때, 한 여성과 친해졌다.

머리가 길고 얼굴이 창백한 여성 노동자였다. 과거에 사고라도 당했는지, 뭔가에 베였던 흉터가 양팔에 있었다. 긴 앞머리 사이로 보이는 눈에는 생기가 없었다.

똑같은 세탁장에서 일하기에 그녀 쪽에서 친근하게 말을 걸어와 줬다.

마지막으로 딱 한 명만 더 물어보자고 생각하여 넌지시 사고 얘기를 꺼내자 그녀의 표정이 달라졌다.

"저기…… 너무 묘한 얘기는 안 하는 게 좋아. 여기서는 말이야."

그런 조심스러운 대답이 돌아왔다.

다른 사람들과는 다른 대답에 의식을 집중했다.

"너랑 나이가 비슷한 여동생이 있거든. 그래서, 만약 무슨 일이 생기면 어쩌나 싶어서……."

너무 많이 말했다고 생각했는지 「아」라는 소리를 내며 주위를 경계하듯 둘러보았다. 아무도 없음을 확인하고서 안도한 듯 한숨을 쉬었다.

에르나는 그녀를 가만히 바라보았다.

"뭔가 아시는 건가요?"

"……글쎄, 몰라."

"뭔가 숨기라고 명령받은 건가요?"

"아니…… 그렇지 않아……."

목소리는 겁먹은 듯 떨리고 있었다.

이 이상은 추궁할 수 없었다. 「알겠어요」라고 말하며 고개를 끄덕였다.

"감사합니다. 곤란한 질문을 했네요. 이제 캐내려 들지 않을게요."

그렇게 웃으며 대답하는 게 고작이었다.

그녀의 번호판은 「1·4·6·8」.

노동자에게는 일주일에 딱 하루 휴일이 주어졌다.

에르나가 일하기 시작하고 첫 휴일. 탄광 부지에서 나가려면 귀찮은 절차를 밟아야 했기에 제1구역의 잔디밭에 아네트와 함께 누웠다.

"힘들어어어어어어어어어어어어어!"

마음껏 약한 소리를 했다.

피로를 호소하는 것은 매일 대량의 작업복을 운반하는 팔뿐만이 아니었다.

낯가리는 성격으로 인한 정신적 피로도 상당했다.

『등불』이 창설되고 2년이 지나며 성장한 에르나는 의사소통 능력을 익혔고, 완벽하게 탐문을 수행하게 되었다— 같은 일은 일어나지 않았고, 처음 만나는 상대와 말할 때는 언제나 두근거리며 긴장했다.

기진맥진한 것은 아네트도 마찬가지인지, 두 팔을 들며 파들파들

떨고 있었다.

"나니이임! 팔이 땡땡 부었어요오오오오오!"

"이제 1밀리도 움직이기 싫어어어어어어어어!"

"으아아아아아아아아아아아아아!"

"으으으으으으으으으으으으!"

따뜻한 햇살이 쏟아지는 잔디밭 위에서 두 사람은 기괴한 소리를 냈다.

지나가던 친위대의 군인들이 노려보았다. 에르나는 그걸 곁눈질로 확인하고, 거리가 충분히 벌어졌을 때 속삭였다.

"······수소문하고 알았어."

안타깝게도 아네트와는 일하는 곳도 숙소도 달랐다.

자유롭게 산책할 수 있는 휴일이 정보를 교환할 수 있는 유일한 시간이었다.

"—다들 폭파 사건을 알고 있어."

"나님! 모두 시선 처리가 부자연스러웠다고 생각해요!"

아네트의 수소문도 똑같은 결과였던 모양이다.

명백하게 뭔가를 숨기는 기색이었다. 입막음을 한 것은 틀림없이 친위대이리라.

"역시 단순한 폭발 사고가 아닌 것 같네요~."

아네트가 깔깔 웃었다.

"응. 다만 이 이상은 수소문하지 않는 게 좋겠어. 다음으로 생각할 문제는 둘."

에르나의 말에 아네트도 동의했다.

"—폭발이 일어난 장소. 그리고."

"—구체적으로 증언해 줄 사람이죠!"

그 두 가지를 밝혀낸다면 정부가 뭘 은폐하려고 하는지 명확해진다.

증언해 줄 사람은 『의용 기사단』 이외에서 찾아야 했다.

얼마 전에 점심 식사를 전하면서 『의용 기사단』의 동지와 접촉했다. 에르나와 아네트를 이곳에 넣어 준 탄광 노동자였다. 그는 폭발에 관해서는 아는 게 전혀 없었다.

『나는 당시에 입원해 있었던지라 구체적으로 아는 건 별로 없어.』

미안해하며 눈을 내리깔았다.

이어서 『실종된 「다이스」 씨는?』이라고 물었지만, 그는 고개를 가로저었다.

『전혀 몰라. 그저 연락이 끊어졌을 뿐이야. 그의 이름도 방금 처음 들었어.』

멤버도 혁명에 대한 열량은 제각각이라서, 그처럼 생활 속에서 사소하게 지원해 주는 사람이 대부분이었다. 이 이상의 협력은 기대할 수 없었다.

"역시 문제는 갈 수 있는 구역이 한정되어 있다는 건데—."

"흐흥~!"

고민을 중얼거린 순간, 옆에서 아네트가 일어나 가슴을 쭉 폈다.

"그거라면 나님! 해결했어요!"

"응?"

"위조 번호판이에요! 이것만 있으면 어디든 들어갈 수 있어요!"

아네트는 주머니에서 번호판을 꺼냈다. 심지어 여섯 종류였다. 그녀가 말하길, 남의 번호판을 훔쳐서 숫자를 고쳐 썼다고 했다.

에르나는 저도 모르게 몸을 앞으로 내밀고 말았다.

"꾀, 굉장해! 아네트, 나이스야!"

"나님이 살인밖에 못 한다고 생각했다면 큰 오산이에요!"

오히려 살인밖에 못 한다면 곤란하지만, 진심 어린 안도의 한숨이 나왔다. 그녀는 에르나가 분부한 대로 남들에게 위해를 가하지 않고 있는 것 같았다.

에르나는 번호판을 보고 「응」 하는 소리를 냈다.

"네 작업은 훌륭해. 하지만 이『1·3·5·7』 번호판은 버려야 해."

"음?"

"제5구역은 노동자가 들어갈 수 없어. 예전에 접근했을 때, 친위대가 뒤에서 질책했어."

번호판을 확인할 필요도 없다는 뜻이었다.

호오, 하고 아네트가 감탄했다.

"그러고 보니 지금까지 5가 들어간 번호판은 못 봤어요!"

"······스쳐 지나간 사람들의 번호판을 다 기억해?"

"당연하죠! 나님, 기억력에는 자신 있어요!"

그녀는 지금까지 봤던 번호를 전부 열거했다.

그중에서 에르나가 본 적 없는 번호는 「1·2·6·8」「1·2·4·7」

「1・2・4・8」「1・2・3・7」「1・2・7・8」「1・2・4・6」「1・3・4・7」「1・3・6・8」
「1・3・4・8」이었다.

사고를 은폐하고 싶어 하는 탄광의 관리자가 노동자들의 이동을
제한하는 시스템.

반대로 말하면, 사고 현장을 나타내는 단서가 여기에 있을지도
모른다.

숫자를 머릿속에 열거하는데, 정면 현관 쪽이 유난히 떠들썩했다.
오늘이 휴일인 여성 노동자가 모여서 즐겁게 뭔가 얘기하고 있었다.

"얘, 엄청난 얘기를 들었어!"

다가가자 여성 한 명이 에르나에게 말했다.

흥분한 탓인지 목소리가 상기되어 있었다.

"지금 이 탄광에 『니케』 님이 와 계신대!"

무심코 숨을 삼켰다.

라일라트 왕국을 수호하는 최강의 스파이 『니케』가 에르나 앞에
나타난다.

라일라트 왕국에 사는 아이들이 부모에게 듣는 으름장이 있다.

【나쁜 짓을 하면 『니케』가 온다.】 『니케』는 어떤 소문이든 듣고

있다.】

으름장으로 쓰일 만큼 이 나라에 친숙한 존재였다.

단순한 공포의 상징이 아니었다. 그 에피소드에는 일종의 경외심마저 담겨 있었다.

흡사— 신과 같았다.

스파이라는 존재가 이렇게나 세상에 침투하는 일은 있을 수 없었다. 신문에 얼굴 사진이 게재되는, 온갖 의미에서 규격을 벗어난 여성.

《어떡할래요?》라고 아네트가 눈으로 물어서, 잠시 생각하고 결론을 내렸다.

《만나 보고 싶어.》

눈으로 호소했다.

《왜 여기 온 건지도 궁금하고, 임무의 가장 큰 걸림돌이 될 존재야.》

지금 에르나는 머리를 염색했다. 『창세군』을 공격한 인물이 이런 탄광이 있을 거라고 누가 생각하겠는가. 멀리서 모습을 확인하기만 하면 된다.

아네트도 말리지 않았다.

두 사람은 고개를 끄덕이고서, 다른 여성 노동자들과 함께 정면 현관 쪽으로 이동했다.

정면 현관 옆에는 전면 유리창이 설치된 근대적인 관리 시설이 있었다.

그 입구 부근에서 친위대에게 막혀 백 명 가까이 되는 노동자가 모여 있었다. 작업하다가 빠져나왔는지 작업복 차림인 남성도 있었다.

영화배우라도 온 것처럼 떠들썩했다.

에르나와 아네트는 눈에 띄지 않도록 그 집단의 제일 끝에 섰다.

타이밍 좋게 환호성이 일었다.

"니케 님이다아아!!" "굉장해! 진짜야!" "아아! 이쪽을 봤어!"

마침 목표 대상이 시설에서 나온 것 같았다.

정장을 입은 사람 몇 명과 함께, 모델처럼 키가 큰 여성이 걸어왔다. 그녀는 모여 있는 노동자를 보고서 「음~?」 하고 기쁜 듯이 눈을 깜빡였다.

"굉장히 환영해 주네. 나는 인기인이군!"

에르나는 눈을 부릅뜨고 있었다.

'저 사람이 『니케』……!!'

본 순간, 아름답다고 느꼈다.

하이힐을 고려해도 키는 180센티 이상. 머리끝부터 발끝까지 골격이 곧게 쭉 뻗어 있었다. 하지만 와이셔츠를 입었는데도 확실하게 보이는 가슴과 허리의 라인은 아름다운 곡선을 그려서 중세에 유화로 그려진 여신을 방불케 했다. 섬세한 붓으로 그린 듯 웨이브진 금발은 강렬한 눈빛마저 능가할 만큼 반짝이고 있었다.

나이는 30대 중반. 이렇게 아름다운 여성은 본 적이 없었다.

『등불』에도 티아나 릴리처럼 외모가 반듯한 사람은 있지만, 그것과도 격이 달랐다.

"응, 훌륭해. 이런 귀부인과 신사들에게 둘러싸이다니. 이 나라에 봉사해 온 보람이 있어."

니케는 만족스러운 듯 자신의 풍만한 가슴 위에 손을 얹었다.

칙칙한 청년이 그녀의 곁을 따르고 있었다. 머리가 잔뜩 뻗쳐 있는 음침한 남자였다. 얼굴은 졸려 보였고 패기가 없었으며, 어디를 보고 있는지도 알 수 없었다. 양손을 주머니에 넣고서, 니케의 이야기를 절반도 듣지 않은 모습으로 「흐암」 하는 소리를 냈다.

"예? 아, 그러네요……."

니케는 음침한 남자의 등을 꼬집었다.

"으히잉!"

남자가 민망한 소리를 냈다.

"항상 말하잖아, 『타나토스』으. 대답은 똑바로 해. 벌이야."

"아앙! 읏, 아하아앙!"

"자, 자, 여성분들이 보고 있잖아? 꼴사나운 모습을 보여 드리렴."

니케는 생글생글 웃으며 『타나토스』라는 남자의 등을 꼬집었고, 『타나토스』는 뺨을 붉히고서 황홀한 표정으로 소리를 질렀다.

노동자들이 갑자기 시작된 SM쇼에 아연해하고 있으니, 니케는 얼버무리듯 쓴웃음을 지었다. 『타나토스』의 등을 때리고서 산뜻하게 웃었다.

"이왕 이렇게 된 거, 모두에게 인사하지."

그녀는 또각또각 하이힐 소리를 내며 에르나가 있는 쪽으로 걸어왔다.

여성 노동자 몇 명이 흥분하여 환호했다.

"처음 뵙겠습니다. 탄광군의 멋진 노동자 여러분. 라일라트 왕국 왕정부 첩보 기관 『창세군』의 스파이 마스터인 『니케』입니다."

공손하게 인사하자, 맨 앞줄에 있던 노동자들이 넋이 나간 소리를 냈다.

이 나라를 지배하는 존재인데 상당히 태도가 겸손했다.

고개를 든 그녀는 어째선지 불쾌한 듯 눈썹을 찡그렸다. 고개를 기울이고, 뒤에 있는 부하에게 명했다.

"―타나토스."

"예?"

"노동자 여러분의 얼굴이 잘 안 보여. 발판이 되려무나."

"……네."

타나토스는 기뻐하며 니케 앞에서 고개를 조아렸다.

니케는 주저 없이 뛰어 타나토스의 등에 올라갔다. 무릎만 움직여서 1미터 이상 뛰었다. 물론 하이힐을 신은 채로.

니케는 부하 위에서 「응, 이제 안쪽까지 잘 보이네」라며 만족스러워했다.

부하는 하이힐의 굽에 등을 밟히고 달콤한 한숨을 쉬고 있었다.

'이 사람들은 뭐야……'

상상한 것과 태도가 달라서 곤혹스러웠다.

아무래도 이해하기 어려운 취미를 가지고 있는 것 같았다. 적어도 타나토스 쪽은 확실했다.

'다만 그 이상으로 놀라운 건—.'

니케의 발치에는 많은 노동자가 모여 있었다.

"제 아들들이 당신의 무용담을 언제나 흥미진진하게 듣고 있습니다!"

"지난달에 폭파 사건을 막아 주셨던 빌딩에 제 가족도 있었어요!"

"군인이었던 남편이 당신의 정보로 구사일생했다고 들었어요!"

찬사가 쏟아졌다.

미리 알고 있었던 정보이긴 하지만, 실제로 보니 마음에 잔물결이 일었다.

—니케는 라일라트 왕국의 영웅이다.

세계 대전 종반, 가르가드 제국을 패전으로 이끈 공로자 중 한 명. 그 이후로 10년 넘게 이 나라 최고의 스파이로서 수도를 계속 지키고 있었다.

공작원으로서는 생각할 수 없는 압도적인 인기였다.

그녀는 한차례 악수를 해 주고서, 또렷한 목소리로 말하기 시작했다.

"오늘 찾아온 건 시찰 때문입니다. 가르가드 제국의 공작원들이 비열한 수단으로 이 땅을 되찾으려고 기를 쓰고 있거든요."

그녀가 말을 꺼내자마자 노동자들은 일제히 입을 다물었다.

니케의 용맹한 목소리가 울려 퍼졌다.

"이제 이곳은 왕국의 경제를 지탱하는 중요한 거점입니다. 제국이 흠집을 낸 아름다운 국토를 회복하기 위해, 이 탄광군은 늘 가동되어야 합니다. 그것을 받쳐 주시는 여러분에게 최대한의 감사를 올립니다. 열심히 일하는 여러분 한 명 한 명이! 이 나라를 구하는 구세주입니다!"

가슴을 펴고 당당하게, 위엄 있게 말했다.

"그리고 안녕을 위협하는 제국의 생쥐는 제가 한 명도 남김없이 구속할 것을 맹세합니다!"

노동자들로부터 박수가 터져 나왔다.

그녀의 말솜씨는 교묘했다.

단어 하나하나에서 흔들림 없는 자신감과 정열이 느껴졌다. 적인 에르나조차 마음이 흔들릴 정도로.

많은 성원을 받고 니케는 쑥스러운 듯 뺨을 긁적였다.

이 소탈한 태도도 그녀가 인기 있는 요인인 것 같았다.

에르나는 결코 표정에는 드러내지 않고서 분개했다.

알고 있기 때문이다. 이 미녀의 숨은 얼굴을.

─썩어 빠진 왕정부를 지키는 악마.

그녀가 지휘하는 『창세군』의 방첩 공작원들이 국민에게 무슨 짓을 하는지 알고 있었다. 거스르는 자는 가차 없이 고문하고, 국왕 친위대를 움직여 반란 분자를 색출한다.

에르나는 노동자들 뒤에서 고요한 눈으로 니케를 올려다보았다.

'인정할 수 없어……'

머릿속에는 하수구 냄새가 진동했던 그 거리가 있었다.

죄 없이 얻어맞았던 가르가드 제국민. 아편에 중독되어 희망을 잃은 자들의 소굴.

'……정말로 나라를 사랑한다면 그런 참상을 간과할 리가—.'

"거기 꼬맹이. 누구한테 적의를 보내는 거지?"

니케와 눈이 마주쳤다.

공기가 얼어붙었다. 주변 일대에서 빛이 사라진 것 같은 착각이 들었다.

"……어…………?"

자신에게 하는 말일 리가 없다고 순간적으로 생각했다.

에르나는 100명이 넘는 노동자들의 제일 끝에 있었다. 니케가 타나토스를 밟고 있다지만, 키가 작은 에르나는 다른 노동자들 사이에 파묻혀 있었다.

10미터 이상 떨어진 거리에서, 사람들의 어깨 사이로 니케를 관찰하고 있었을 뿐이었다.

하지만 니케의 크게 뜨인 눈은 분명하게 에르나를 보고 있었다.

"1밀리도 숨겨지지 않았어."

"—읏!!"

온몸에서 땀이 왈칵 솟았다. 실책을 자각했지만, 너무 늦었다.

도망치고 싶었으나 다리가 후들거려서 불가능했다.

다른 노동자들은 니케의 갑작스러운 변화가 곤혹스러운 듯 고개를 갸웃하고 있었다. 그 평화로운 동작을 납득할 수 없었다.

—니케는 100명이 넘는 군중 속에서 에르나에게만 살기를 보내고 있었다.

스파이를 위축시켜 발악조차 못 하게 만드는 살기였다.

옆에 있는 아네트도 움직이지 못했다. 기척을 없애는 데 전념하고 있었다. 올바른 선택이었다. 만약 니케가 공격해 오더라도 어쩔 방도가 없으니까.

—끝장이다.

한순간의 실수로 모든 것이 무너졌음을 깨달았다.

니케의 시야에 들었다— 고작 그것만으로 『우인』이라는 스파이는 끝난다.

중압에 마음이 꺾일 것 같았을 때, 갑자기 니케가 시선을 거뒀다.

"—흐트러진 모습을 보였네요. 미안합니다."

당황한 노동자들을 진정시키듯 작게 머리를 숙였다.

"슬픈 사실이지만…… 일부 국민이 왕정부를 원망하고, 왕을 섬기는 저를 원망한다는 것은 파악하고 있습니다. 왕은 총명하시나, 전지전능하진 않죠. 안타깝지만 모든 국민을 두루 구하려면 시간이 걸립니다. 특히 대전의 상흔이 남은 지금 시대에는. 탄광에서의 노동은 몹시 힘들죠. 화도 날 겁니다."

부족한 힘을 탄식하듯 시선을 내렸다가, 곧장 고개를 들고 미소 지었다.

"그래도 언젠가 여러분의 이해를 얻을 수 있도록 진력하겠습니다."

위로를 건네듯 흘러나온 말에 큰 박수가 터져 나왔다.

아슬아슬하게 눈감아 주었다는 사실을 깨달았다.

니케의 갸륵한 태도에 감격한 노동자들은 눈물을 흘렸다.

그런 군중을 보고 작게 고개를 끄덕인 니케는 부하의 등에서 내려갔다.

"타나토스, 가자. 사람들에게서 기운을 받았어."

"……하아. 잘됐네요."

"뭐야? 더 밟히고 싶은 거라면 저 아가씨한테 부탁하는 게 어때?"

"예? 아뇨…… 저는, 니케 님 일편단심이라……."

"후후, 그렇기에 흥분하는 거잖아? 확실하게 경멸해 줄게."

"하웃……!"

니케는 부하의 등을 꼬집으며 떠났다.

그들을 바라보며, 에르나는 아무 말도 못 했다.

도주— 다른 생각은 할 수 없었다.

아무튼 도망친다!

냅다 도망친다!

체면 차리지 않고 도망친다!

최대한 시간은 벌어 뒀다. 숙소에 돌아가자마자, 준비해 뒀던 피를 토하는 척해서 미리 말해 뒀던 기관지 질환이라고 호소했다. 찾아온 의사에게 돈을 줘서 한동안 기숙사가 아닌 병동에서 안정을 취할 수 있도록 손을 썼다.

밤이 되자 에르나는 창문을 통해 병동에서 빠져나왔다.

숨겨 뒀던 가방을 움켜잡고, 탄광 부지를 힘껏 달렸다.

심장이 쿵쾅거렸다.

'위험해위험해위험해위험해위험해위험해위험해……!!'

탄광에 남는다는 선택지는 없었다.

『니케』에게 찍혔다.

한순간에 전부 간파당했다는 느낌마저 들었다. 그 자리에서 구속당하지는 않았지만, 지금쯤 국왕 친위대에게 전해서 에르나의 신변 조사가 이루어지고 있어도 이상하지 않았다.

온몸이 덜덜 떨렸다.

뇌 전체를 바꿔 버리는 근원적인 공포가 정신을 침식했다.

'격이 너무 달라……!'

땀이 멈추지 않았다. 심장이 빠르게 뛰었다.

이 정도면 병을 위장하지 않아도 안정을 취하라고 했을 것 같았다.

─이제껏 만났던 적과는 수준이 달랐다.

많은 스파이와 대치해 왔다. 『거광』이자 『청파리』 기드, 『흰거미』,

『보라개미』, 『비금』, CIM의 정예. 세계 수준의 강자들.

그런 강자들과도 일선을 긋고 있었다.

이미 『니케』는 벨트람 탄광군을 떠난 것 같았다. 다른 탄광 노동자가 그렇게 말했다. 그래도 도망쳐야 했다.

마음을 바꾼 『니케』가 즉시 에르나를 구속할 가능성을 떠올리자 몸이 떨렸다.

"에르나!"

밤길을 달리고 있으니 아네트가 정면에 나타났다.

속도를 줄이지 못하고 그녀와 부딪치고 말았다. 응, 하는 소리를 내며 아네트 위로 엎어졌다.

아네트는 살며시 에르나의 몸에 팔을 둘렀다.

"……진정해요."

"응……."

"심호흡해요. 나님의 호흡에 맞춰서 숨을 들이마셔요."

아네트의 평평한 가슴에 얼굴을 눌려 강제로 입이 막혔다.

살짝 팔이 느슨해졌다.

"스읍, 하~ 예요!"

아네트의 목소리가 전에 없이 달콤했다.

그에 맞춰 에르나는 숨을 들이마셨다.

"……에르나한테는 나님이 붙어 있어요!"

상냥하게 속삭이는 말은 정말로 아네트의 입에서 나온 게 맞는 걸까?

"『니케』는 이 탄광에 없어요. 허둥거릴 필요 없어요."

그녀의 품에 안겨 있으니 자연스럽게 마음이 편안해졌다. 과호흡 증세였던 모양이다.

20초쯤 들여서 천천히 숨을 골랐다.

"……네가 나를 타이르는 날이 올 줄은 몰랐어."

살며시 아네트의 몸을 밀어 물러났다.

아네트를 보니 그녀는 의기양양하게 이를 보이고서 웃었다.

"나님한테 진정하라는 말을 듣다니, 글러 먹었네요! 에르나."

"……자각이 있는 줄은 몰랐는데."

꼴사나운 모습을 보인 게 부끄러워서 얼굴이 뜨거워졌다.

아네트가 가방을 들고 있는 것을 보면 그녀도 무사히 숙소에서 빠져나온 모양이었다. 아네트라면 에르나보다 더 교묘한 공작을 펼쳤을 것이다.

"에르나의 본능이 알리고 있어."

변명 같은 소리라는 건 알지만 말했다.

"『니케』― 그 여자와는 엮이지 않는 게 나아."

"……나님도 그렇게 생각해요!"

"한 번 눈감아 준 것만으로도 기적이야. 다음번은 없어. 당장 행방을 감추는 게 나아."

일어나서 치마에 묻은 모래를 털었다.

"다만 확신을 얻을 수 있었어. 역시 이 탄광에는 뭔가가 있어."

"네! 『창세군』의 우두머리가 시찰하러 올 만한 뭔가가."

"도망치기 전에."

에르나는 아네트의 손을 끌었다.

"마무리는 짓자."

둘이서 손을 잡고 밤길을 걸어갔다.

조명은 없지만, 달빛만으로도 충분했다. 에르나와 아네트의 달리는 속도는 밤의 어둠 정도에 달라지지 않았다.

「어디 가는 거예요?」라고 아네트가 물었다.

"폭발 장소로 짐작 가는 곳이 있어."

"오. 역시 제5구역인가요?"

"그건 함정이야."

"음?"

"에르나의 직감도 부정하고 있고, 무엇보다 너무 뻔해. 이렇게 딱 봐도 비밀을 숨기고 있는 탄광 안의 그런 장소라니…… 너무 수상쩍어."

낚시— 그들의 수단은 학습했다.

니케도 제국의 스파이가 공업 지대에서 공작 중이라는 사실을 언급했었다. 아마 섣불리 접근한 자를 구속하는 함정이 이 탄광에도 깔려 있을 것이다.

"맨 처음 우리를 안내했던 여성. 5년이나 근무했음에도 제3구역을 말하는 데 시간이 걸렸어. 번호가 빈번히 바뀌고 있거나 최근 생긴 시스템인 거야."

"그렇군요. 함정투성이라는 거네요!"

"번호만을 믿어선 안 돼. 이 탄광에는 들어갈 수 없는 구역이 하나 더 있어."

"……음?"

"번호판은 열여섯 종류. 그중에 『6』과 『7』이 동시에 적힌 건 없었어. 노동자들은 제6구역과 제7구역 사이에 틈이 있어도 눈치채지 못해."

케이크처럼 8등분된 탄광과 배정된 번호판.

이것들은 맹점을 만들기 위한 장치일 것이다. 주의 깊게 관찰하지 않는다면 간파할 수 없다.

"제6구역과 제7구역 사이— 이곳에 분명 환상의 제0구역이 있어."

명백하게 수상한 제5구역, 그리고 교묘하게 숨겨진 제0구역.

어느 쪽에 걸지 묻는다면 단연코 후자다.

제6구역에 들어가 도중에 철망을 넘어서 옆 구역으로 들어갔다. 아네트가 말하길, 역시 제7구역과는 다르다고 했다.

울창한 나무들이 우거진 길을 나아가니 꺼림칙한 회색 탑이 보였다.

탑에는 상부의 권상기를 움직이기 위한 보일러실과 컴프레서실, 채굴한 석탄을 골라내는 선탄실도 있었다. 『제7채굴갱』이라고 적힌 글자도 있었다.

감시병은 없었다.

현재는 사용되지 않는 채굴갱인 것 같았다. 사전에 들은 『채굴갱

열두 개가 가동 중이다』라는 설명은 거짓말인 걸까.

아네트가 수직갱 탑 입구의 문을 땄다.

"나님! 잠금을 해제했어요!"

"역시 대단해!"

손전등을 꺼내 갱도에 들어갔다. 시스템실에 놓인 자료를 보고, 이곳이 지하 8층까지 있음을 파악했다.

이 채굴갱의 깊이는 수백 미터, 길이는 몇 킬로에 이르는 것 같았다.

지하 1층에 내려서자 커다란 돔형 공간이 펼쳐졌다. 탄갱 특유의 검은 바위. 집 한 채가 통째로 들어갈 듯한 넓은 공간이었다. 천장은 꽤 높았고, 벽면에는 함몰을 막기 위한 기둥과 점검용 통로가 퍼져 있었다.

주위를 손전등으로 비추자 지면이 크게 낙반된 것이 보였다. 지하 1층의 지면이 무너지듯 함몰되어 바닥이 보이지 않는 어둠이 펼쳐져 있었다.

시스템실의 지도에는 없었던 구멍이었다.

"이건, 상당히, 심하네……."

에르나가 말을 잇지 못하고 있으니, 아네트가 뭔가를 발견하고 외쳤다.

"벽이 파여 있어요!"

"응?"

"고열에 표면이 녹았어요! 폭발흔이에요!"

아네트가 손전등으로 비춘 곳을 보았다.

지하 1층의 벽면에는 뭔가가 옆에서 폭발한 흔적이 있었다.

"……이곳이 폭발 현장?"

"적어도 일부는. 신문 기사에 의하면 더 큰 폭발이 있었던 것 같지만요."

"아네트는 사고라고 생각해?"

"지하에서 가연성 가스가 분출되어 인화되는 사고는 수두룩하지만, 이런 흔적은 안 남아요!"

"……."

"굳이 나님이 설명하지 않아도 에르나라면 알겠지만 말이죠!"

"……."

대답할 필요도 없었다.

사고에 의한 폭발과 폭탄을 사용한 폭발의 차이 정도는 간파할 수 있었다. 가스가 충만했다면 이 지하 1층이 통째로 무너졌을 터다.

이곳에서 무슨 일이 있었는지, 한 가지 가설이 생각났다.

하지만 아직 확신을 얻기에는 부족했다. 들고 온 카메라로 사진을 찍었다. 부자연스러운 벽면의 균열. 그 하나하나를 살피며 가설의 신빙성을 높여 나갔다.

후방에서는 아네트가 「으음~」 하는 소리를 내고 있었다.

"……왜 그래?"

"나님의 수신기에 뭔가 반응이……."

아네트의 손에 있는 기계가 명멸하고 있었다.

뭔가 전파를 잡은 것 같았다. 가동 중이지 않은 갱도에 무선 신호가 있을 것 같지는 않지만. 명멸의 강도를 단서로 전파의 발신원을 탐지했다.

몇 분 걸려서 발견했다.

천장이었다. 높이가 20미터 이상 되는 천장에는 조명 기구가 매달려 있었고, 그곳에 검은 기계가 눈에 띄지 않게 나뒹굴고 있었다.

아네트의 수신기가 없었다면 발견하지 못했을 것이다.

벽면에 있는 조명 점검 통로를 사용해 회수하러 갔다.

"무슨 기계지?"

에르나는 기계를 주워 들고 고개를 갸웃했다.

"뭔가 낯익은데—."

"벽에 뭐라고 적혀 있어요!"

아네트가 크게 외쳤다.

검은 기계가 있었던 조명 근처 벽에 휘갈겨 쓰인 글자가 있었다.

—【왕은 바꿀 수 있다】.

스프레이로 쓰인 힘 있는 말.

마치 호소하는 것 같은 글자는 에르나의 머릿속에 있던 상상을 확신으로 바꿨다.

◇◇◇

한 가지 더 도박에 나섰다.

벨트람 탄광군에서 당장 떠나는 게 좋았지만, 『의용 기사단』이 맡긴 임무를 달성하려면 증언해 줄 사람이 꼭 필요했다.

기회는 한 번뿐.

일단 에르나가 지냈던 숙소 주변으로 돌아갔다.

아네트는 불만스러운 얼굴이었지만, 숙소의 외벽을 짚고서 서 줬다. 신발을 벗고, 그녀의 어깨를 발판 삼아 2층까지 도약했다. 「나님의 키가 줄어들어요!」라고 항의했지만, 나중에 사과하기로 하고, 목표 대상이 있는 침실의 창문을 잡았다.

커튼 틈으로 내부를 관찰하여, 상대가 혼자가 된 타이밍에 유리창을 두드렸다.

창문이 열리자 바로 실내에 잠입했다.

"너, 너, 어디 갔었던 거야?"

창문을 열어 준 것은 피부가 하얀 여성이었다. 수소문하던 에르나에게 충고해 줬던 사람. 잠옷 차림이었다. 갑자기 뛰어든 에르나를 보고 눈을 동그랗게 뜨고 있었다.

"아까 친위대가 널 찾던데. 대체 무슨 짓을—"

쉿, 하고 검지를 들어서 큰 소리를 내지 말라는 제스처를 했다.

이미 친위대가 움직이고 있다면 일을 시끄럽게 만들어선 안 됐다.

얼굴을 가까이 붙이고서 작은 목소리로 말했다.

"가르쳐 줬으면 해."

"응?"

"구7채굴갱에서 일어난 일에 관해."

여성의 눈이 크게 뜨였다.

역시 그녀는 알고 있는 거라고 다시금 인식했다.

"그건 폭발 사고도 아니었어……."

아까 본 광경을 전했다.

"수류탄이 사용된 흔적이었어."

그랬다. 『의용 기사단』이 예상했던 폭발 사고가 아니었다.

더 무시무시한 것을 정부는 은폐하려고 했다.

"의문이 들었어. 하지만 짐작은 가. 이런 열악한 노동 환경에 강제로 노동자를 긁어모으면 필연적으로 일어나는 사태— **파업.** 노동자 간의 결속을 막는 시스템과 친위대의 경계 수준이, 파업이 종종 일어난다는 사실을 뒷받침해."

갱도 지하 1층에 적혀 있었던 글자를 잊을 수 없었다.

【—왕은 바꿀 수 있다】.

현 국왕에 대한 불복을 호소하는 목소리. 그건 파업의 슬로건일 것이다.

거기서 반정부 활동이 이루어진 것은 틀림없다.

그렇다면 수류탄이 사용된 것도 설명이 된다.

"그 파업을 친위대는 진압했어. 널려 있던 폭발흔과 탄흔. 거기서 얼마나 과격한 전투가 펼쳐졌는지 상상이 가! 탄광이란 장소에서!

당연히 낙반됐어! 채굴갱의 지하 2층 이하에 있던 사람들은 매몰 됐어!!"

그건 절대 있어서는 안 될 비인도적 행위였다.

"―국왕 친위대는 벤트람 탄광군의 노동자를 학살했어."

왕정부에 의한 국민 학살. 최악의 대죄다.

정부가 필사적으로 은폐하려는 것도 이해가 갔다. 같은 벤트람 탄광군에서 일하는 노동자에게는 함구령을 내리고, 폭발을 보도한 기자는 즉시 구속했다.

탄광 곳곳에서 친위대가 경계하고, 『니케』가 직접 시찰하러 온 이유였다.

이런 사실이 밝혀지면 국민은 격노할 것이다.

"그 반응……."

에르나는 여성을 바라보았다.

"……사실인 거야?"

"아, 아니―."

여성은 원래부터 하얀 피부가 한층 더 창백해져 있었다. 당황한 듯 눈을 굴리고, 표정을 감추듯 입술을 깨물고 있었다.

추측이 맞은 것이라는 생각에 주먹을 꽉 쥐었다.

상황 증거밖에 없었기에 도박이긴 했다. 면밀히 조사할 시간이 없는 이상, 도박에 나설 수밖에 없었다.

"안 돼."

여성이 허둥거리며 목소리를 낮췄다.

"그게 외부에 누출되면 죽어. 아무한테도 말하지 말라고 엄명이—."

"그럼 정부가 시키는 대로 할 거야?"

강렬하게 노려보았다.

"이런 일이 있었는데도 이 탄광에서 니케의 인기는 엄청났어…….
이유는 명백해. **니케와 국왕을 경애하는 자 말고는 모두 구속되니까.**"

"—윽."

"친위대가 이미 에르나를 구속하려고 움직이고 있는 게 그 증거야."

『니케』를 보고 환호성을 지르던 노동자들이 새삼 으스스하게 느
껴졌다.

그 따뜻한 광경의 이면에는 완벽한 지배가 있었다.

반항적인 태도나 적의를 보이는 자는 즉시 『니케』에게 감지되고
친위대에게 구속당한다. 남는 것은 왕정부에 순종적인 사람뿐이다.

"이곳은 그저 지옥이야."

바로 상대의 손을 잡고 힘을 줬다.

"같이 와 줬으면 좋겠어. 당신은 내게 충고해 줬어. 친위대에게
적으로 여겨질 위험을 무릅쓰고 나를 지켜 주려고 했어."

"……어?"

"당신처럼 착한 사람은 분명 이곳에서 살아갈 수 없어."

이 여성은 『의용 기사단』에 꼭 필요했다.

그녀가 벨트람 탄광군에서 일어난 참극을 증언해 준다면, 그걸

장이 전국에 퍼뜨린다. 혁명의 큰 동력이 된다.

하얀 여성은 곤혹스러운 듯 표정을 일그러뜨리고 있었다.

역시 너무 성급했을까. 갑자기 이런 말을 해도 마음이 쫓아올 수 없는 걸지도 모른다.

밖에서 아네트의 목소리가 들렸다.

"발소리가 들려요! 친위대예요!"

이쪽으로 다가오고 있는 것 같았다. 숙소에도 병실에도 에르나가 없음을 알아차리고 수색에 착수했을 것이다.

시간이 없었다. 마음이 아프지만, 협박할 수밖에 없다.

"난 여기서 안 움직일 거야."

똑바로 눈을 보고 말했다.

"선택해. 함께 도망칠 것인지. 아니면 여기서 내가 끌려가는 걸 볼 것인지."

―다가오는 불행에 몸을 맡긴다.

―비극을 겪는 불운한 소녀를 연출하여 타인의 마음을 혼란스럽게 한다.

비겁하다고 욕을 듣더라도, 그것이 『우인』이라는 스파이의 방식이었다. 가련한 외모를 이용하여 타인까지 불행에 끌어들인다.

『등불』을 위해서라면 얼마든지 이용한다.

이윽고 하얀 여성이 체념한 듯 한숨을 쉬었다. 각오가 담긴 눈으로 「어디로 가게?」라고 물었다.

막간 초원 II

『선혹』 하이디라는 스파이는 물론 알고 있었다.

딘 공화국에 존재했던 전설의 스파이팀 『화염』의 일원. 클라우스의 친누나 같은 사람.

반대로 사라가 아는 것은 그게 다였다.

음악 연주를 즐겼다는 것은 처음 들었다.

―레코드플레이어에서 흘러나온 것은 사람을 망가뜨리기 위한 소리였다.

결코 음량이 크지는 않았다. 하지만 몸이 쪼개진 게 아닐까, 착각하게 되는 충격이 덮쳤다.

몸의 중심을 뒤흔드는 섬뜩한 음색이었다.

개시 20초 만에 서 있을 수 없게 되었고 코피가 났다. 의식이 날아가지 않도록 필사적으로 버틸 뿐인 시간이었다. 입에서 비명이 흘러나왔을 텐데 들을 수도 없었다. 온몸에서 땀이 흐름과 동시에 몸을 얼렸다. 더운지 추운지조차 알 수 없었다.

얼마나 시간이 흘렀는지도 알 수 없어졌을 때, 클라우스가 연주를 멈췄다.

바닥에 무릎 꿇고 있다는 것을 그때 처음으로 깨달았다.

"무슨 일에도 동요하지 않는 마음은 단순한 정신의 문제가 아니야."

위에서 클라우스의 조용한 목소리가 들렸다.

"실력을 갈고닦고 경험을 쌓은 자만이 마음의 불안을 이길 수 있지. 본능을 어지럽히는, 제멋대로인 연주자가 연주하는 최악의 음색 속에서도."

머리가 멍해서 말이 귀에 들어오지 않았다.

다만 시험에 떨어졌다는 건 알 수 있었다. 실력이 없고 경험도 부족한 인간이 계획에 참견하지 말라고 확실하게 지적받았다.

약자를 가려내기 위한 잔혹한 음색.

일어나지 못하는 사라를 클라우스는 위로하지 않았다. 만약 그런 상냥함을 베풀었다면 창피해서 사라지고 싶었을 테지만.

클라우스는 레코드를 다시 케이스에 넣고 조용히 방에서 나갔다.

"언젠가 네가 이 음악을 제대로 들을 수 있게 되었을 때, 의견을 듣겠어."

그가 손가락 하나 건드리지 않았는데도, 그에게 패배했음을 알 수 있었다.

"하이디 씨의 연주는 사람의 마음을 꺾는 병기지. 이런 세상이 아니었다면 공해였을 거야."

단검을 휘두르며 모니카가 얼굴을 찌푸렸다.

일과인 격투 훈련 중이었다.

안뜰에서 단검을 사용하여 대련하면서 계속 말했다.

대화도 훈련이었다. 사라는 숨이 차서 말을 꺼내기도 힘들었지만, 모니카는 전혀 숨찬 기색 없이 담담히 일상적인 대화를 하듯 매끄럽게 말했다.

사라는 처음 듣는 얘기였지만, 모니카는 양성 학교에서 하이디와 한 번 대면한 적이 있다고 했다.

훈련용 단검을 맞부딪치며, 클라우스에게 의견을 말한 이야기를 했다.

"클라우스 씨도 심술궂은 짓을 하네. 진짜 화났던 거 아니야?"

"여, 역시, 실례, 였겠죠?"

"괜찮아. 네가 헛도는 거야 항상 있는 일이잖아. 클라우스 씨도 알고 있겠지."

자신에게 그런 나쁜 버릇이 있는 줄은 몰랐다. 그러고 보니 롱청이라는 곳에서 지역 마피아와 결투를 벌였다가 모니카한테 『너무 극단적이지 않아?』라는 소리를 들은 적도 있었다.

다시금 부끄러워하고 있으니, 모니카가 「고뇌하지 않아도 돼」라고 말했다.

"너는 착실하게 강해지고 있어. 언젠가 클라우스 씨를 깜짝 놀라게 할 수 있을 거야."

그녀의 말은 꺾이려는 마음을 수없이 지탱해 줬다.

실제로 사라의 실력은『등불』이 결성했을 때보다 현격히 성장했다.

처음에는 모니카와 단검을 부딪치기만 해도 몸이 흔들렸는데, 이제는 몇 합 정도는 버틸 수 있었다. 중심이 흔들리면 거리를 벌렸고, 추격타를 가하기 전에 자세를 바로잡을 수 있었다.

모니카와도 싸울 수 있다는 것을 자랑스럽게 여기며 단검을 꽉 움켜쥐었다.

"네, 감사합—."

"아~ 벌써 저녁이니까 그만 봐줄게."

직후 모니카가 휘두르는 단검의 궤도가 변했다.

페인트를 알아차리지 못하고, 유유히 단검을 들고 있던 오른손의 손등을 맞았다.

"어?"

아픔을 느끼기도 전에 다른 이변이 일어났다.

몸이 떠올라 있었다. 언제 던져졌는지도 모르겠는데 시야에는 높은 하늘이 펼쳐져 있었다. 낙법조차 취하지 못하고, 땅에 등을 부딪치며 추락했다. 입에서 침이 튀었다.

「응, 오늘 훈련은 끝이야」라고 모니카는 담담한 태도로 말했다.

대욕탕의 욕조에서 몸을 주물러 풀어 주고 마사지를 했다.

온몸이 피로에 시달리고 있었다. 하이디의 연주를 버티면서 평소에 쓰지 않는 근육을 혹사했다. 팔다리의 근육이 저리고 얼얼했다. 모니카의 훈련으로 한층 악화된 것 같았다.

후유증이 내일까지 갈 것 같았기에 평소보다 신경 써서 주물렀다.

대욕탕에서 혼자 휴식하고 있으니 두 소녀가 새로 들어왔다.

"제법이구나, 지비아. 내가 예상한 것보다 더 훌륭한 솜씨야."

"시끄러워. 너한테 맞추는 게 제일 힘들다고."

티아와 지비아였다.

충실한 하루를 보냈는지, 즐겁게 말을 주고받고 있었다.

"훌륭한 돌입이었어. 물론 내가 경비원들의 시선을 빼앗은 덕분이지만."

"응? 그랬어? 전혀 몰랐는데……."

"남자들이 날 힐끔힐끔 봤잖아! 내 허벅지랑 가슴을!"

"어? 진짜?"

"남자들도 노골적으로 빤히 보진 않아. 고뇌하면서 시선을 보내지. 보면 안 된다는 이성과 싸우면서."

"아~ 전혀 몰랐어."

"그럼 반대로 어떻게 타이밍을 맞춘 거야?"

"감으로."

"굉장하구나. 너. 하지만 다음부터는 내가 신호를 보낼게……."

클라우스의 임무를 도운 것 같았다. 훈련의 일환일 것이다.

환한 표정을 보건대 성공을 거둔 모양이었다. 지비아가 신나서 샤워기로 티아에게 따뜻한 물을 뿌렸고, 티아는 귀찮아하면서도 웃고 있었다.

사라는 그런 두 사람에게 선망의 시선을 보내고 말았다.

──『몽어』 티아는 마피아, 기자와 접촉하여 단기간에 비밀 결사를 만들었다.

──『백귀』 지비아는 혼자서 CIM의 간부와 싸우고 속여 냈다.

두 사람은 펜드 연방에서 한층 더 성장했다.

환영해야 할 일이라는 것은 알고 있었다. 그녀들은 그레테나 모니카에게 지지 않으려고 남몰래 노력해 왔다. 축복해야 할 일일 것이다.

하지만 어째선지 지금은 그녀들을 볼 때, 가슴에 암울한 감정이 서렸다.

도망치듯 욕조에서 일어나 탈의실 쪽으로 갔다.

도중에 지비아와 엇갈렸고, 그제야 사라를 알아차린 그녀가 「오, 벌써 나가는 거야?」라며 웃어 줬다.

간신히 「……네」라고 대답했지만, 너무 연약한 목소리라서 사라 자신도 허무해졌다.

목표를 향해 나아가기 시작했을 때, 사람은 처음으로 그 목표가 얼마나 멀리 있는지 알게 된다.

그런 당연한 것조차 사라는 몰랐었다.

대체 몇 바퀴나 늦은 얘기인 걸까.

『등불』의 수호자, 라는 소망— 그게 뭐 어쨌다는 건가. 그저 꿈을 품는 거라면 누구나 할 수 있다. 마침내 출발선에 섰을 뿐이다.

클라우스의 말이 맞았다. 정말로 한 걸음을 내디뎠을 뿐. 아무것도 달성되지 않았다.

예전에 릴리는 직접 말했었다.

—『사라의 목표, 사실 저는 자기 능력을 넘어선 소망이라고 생각해요.』

—『사라는 평범하게 미덥지 못한걸요.』

평상시의 릴리라면 절대 하지 않을 말이었다. 들뜬 사라에게 엄하게 못을 박았다.

아무런 대꾸도 할 수 없었다. 릴리의 말은 틀림없이 정곡을 찔렀기 때문이다. 혹시 그녀도 남몰래 마주해 왔던 현실인 걸까.

꿈을 좇을수록 이상과 현실의 차이에 괴로워진다.

아무것도 할 수 없는 자기 자신에 대한 자괴감이 든다.

—낙오자였던 양성 학교 시절보다 지금이 더 무력감이 들었다.

사라는 클라우스의 방에서 레코드를 가지고 나왔다.

무자이아 합중국에서 산 헤드폰과 전용 플레이어를 세팅하여 혼자서 곡과 마주할 수 있는 환경을 갖췄다. 헤드폰을 쓰면 노이즈가 섞이겠지만, 이 곡의 힘이 떨어지지는 않을 터다. 이게 스파이 훈련이 될지는 모르겠으나, 도망칠 수 없는 도전이었다.

목욕을 끝내고서 숨을 고르고, 뇌를 파괴하는 것 같은 음악과 다시 마주했다.

아주 조금이라도, 지금보다 강해지고 싶어서.

'염치없는 생각이라는 건 알아요……'

남들이 하는 만큼만 노력한 인간이 갑자기 성장할 수 있을 리가 없다. 알고 있다.

그래도 바라고 말았다.

'―모두를 지킬 수 있는 힘을 갖고 싶어.'

시시한 현실을 받아들이기보다, 양보할 수 없는 이상과 함께 죽고 싶었다.

『등불』의 동료를 지켜 낸다는 꿈을 버릴 바에야, 태평한 몽상가라고 비웃음당하는 게 낫다.

'이것도 헛된 노력일까요?'

음악이 흐른 순간, 역시 몸이 쪼개지는 것 같은 충격이 덮쳤다. 벼락을 맞은 듯한, 정수리부터 꽂히는 통증. 혼곤함, 구토감, 탈력감이 동시에 밀려들고, 눈을 뜨고 있을 수가 없어졌다. 몇 초만 더 버티고 싶다는 저항심이 뿌리째 뽑혔다.

정신을 잃기 직전에 누군가가 헤드폰을 벗겨 줬다.

고개를 들자 불안한 얼굴을 한 아네트와 에르나가 서 있었다.

"사라 누님! 어떻게 된 거예요? 그 코피!"

"사라 언니, 뭔가 몸이 굉장히 안 좋아 보여……."

방에 달려와 준 모양이었다.

에르나가 「괴로워하는 목소리가 복도에까지 들렸어」라고 불안해하며 말했고, 아네트가 「나님! 최근에 누님이 챙겨 주지 않아서 불만이에요!」라며 뺨을 부풀렸다.

소리를 내고 있었다는 자각조차 없었다.

"아네트 선배, 에르나 선배……."

두 사람은 사라의 몸 상태를 걱정하듯 얼굴을 상냥하게 토닥여 줬다.

눈물이 맺혔다. 음악 때문에 자율 신경이 교란되어 감정을 제어할 수 없었다. 평범한 일상 풍경이 눈물샘을 자극했다.

자신 같은 사람을 언니처럼 따르는 두 사람.

─헛된 노력이 아니다.

목숨에 순위는 매길 수 없다.

하지만 『등불』에서 지키고 싶은 존재를 생각할 때, 가장 먼저 머릿속을 스치는 것은 이 두 사람이었다.

─언젠가 강해지는 건 안 된다. 언젠가 강해져 봤자 의미가 없다.

임무는 이제 며칠 후로 다가와 있었다. 뿔뿔이 흩어져 위험에 뛰어들 그녀들을 지키려면 성장을 기다리고 있을 수 없었다.

클라우스의 칭찬도, 모니카의 격려도, 지금의 사라를 구하지 않는다.

바라는 것은 단 하나뿐.

'지금, 이 아이들을 지킬 수 있는 힘을 갖고 싶어……!'

3장 세뇌

벨트람 탄광군의 부지에서 탈주한 심야에는 『의용 기사단』 동지의 집에 숨고, 이틀 후 트럭의 짐칸에 타고서 거점인 학생 기숙사로 돌아갔다.

바로 맞이해 준 장과 간부들에게 탄광에서 보고 들은 것, 폭발흔 사진, 증언해 줄 인물 등을 보고하자 그들은 흥분하여 얼굴을 붉혔다.

"정말 대단한 일이야!!"

층 전체에 울려 퍼지는 목소리로 말했다.

"만약 그 얘기가 사실이라면 대형 특종이야! 왕정부가 뒤집힐 거야! 『의용 기사단』 사상 가장 큰 특종이야!"

"운이 좋았어."

그렇게 겸손하게 말했지만, 자랑스러운 마음이 들긴 했다.

아직 정식으로 가입했다고 말하기는 어려우나, 조직에 공헌했다면 다행이었다.

"다만 행방불명된 『다이스』 씨에 관해서는 알아낼 수 없었어."

"그런가…… 어쩌면―."

"친위대에게 구속당했을지도 몰라. 비밀을 너무 많이 알아서, 아니―."

149

시계열을 정리하고 생각을 고쳤다.

그가 부조를 보낸 것은 폭파 사건 직전이었다.

"구7채굴갱에서 파업에 참가했던 걸지도 몰라."

"가능성은 있어. 그는 동생과 모친의 생활을 지키기 위해 활동하는 열성 의사(義士)야. 만약 탄갱 내에서 반정부 활동이 이루어진다는 걸 알았다면 참가했겠지."

"그래……."

그렇다면 친위대에 의해 죽어 버린 걸까.

폭발흔과 탄흔이 가득했던 지하 공간을 떠올렸다. 과격한 전투가 벌어졌다는 증거였다. 노동자들은 그 탄광에서 무장한 친위대에게 목숨 걸고 저항했을 것이다.

그들의 원통함을 상상하고 입술을 꾹 깨물었다.

왕정부가 그들을 서류상으로 어떻게 처리했을지 궁금하긴 하지만, 그건 나중에 알아보기로 했다. 일단 쉬고 싶었다.

"자세한 건 클로에 씨한테 들어 줘."

에르나가 탄광군에서 데려온, 피부가 하얀 여성 노동자였다.

"지금은 클로에 씨도 지친 상태니까 나중에."

「클로에 페르셰」라고 이름을 밝힌 그녀는 갑작스러운 도주에 완전히 지쳐 버렸는지 지하의 간이침대에 늘어져 있었다.

장은 「그렇지」라며 고개를 끄덕이고 웃었다.

"하지만 지금 있는 간부들끼리 간단한 위로회를 열자. 다들 좀 더 얘기를 듣고 싶어 해."

쉬고 싶었지만, 눈을 반짝이는 그들의 선의를 무시할 수는 없었다.

아네트는 남들을 신경 쓰지 않고 「나님은! 탄광에서 찾은 기계를 만져 보고 싶어요!」라며 기계에 몰두해 있지만, 떠나려고 하지는 않았다.

장과 간부들은 바로 와인과 견과류를 꺼내서 테이블에 늘어놓았다.

"뭔가 파티 삼매경인 것 같아."

에르나는 쓴웃음을 지었다.

"괜찮은 거야? 이 비밀 결사."

"거의 안 해. 너희가 왔으니까 하는 거지."

장이 콧노래를 흥얼거리며 잔에 와인을 따랐다.

그러자 기숙사에 있는 간부들이 「맞아, 너희가 온 뒤로 대표는 기뻐 보여」라고 속삭였다. 다른 간부들도 킥킥 웃고 있었다.

열 명쯤 되는 대학생들에게 둘러싸여 에르나는 포도 주스를 받았다.

"―제비 한 마리가 왔다고 해서 봄이 왔다고 할 수는 없다."

건배한 후, 장은 기쁜 얼굴로 말했다.

"한 가지 정보로 안이하게 결론을 도출할 수는 없어. 너희의 활약만으로 혁명이 이뤄질 거라고 들뜰 만큼 낙관주의자는 아니야."

"하아……."

"하지만 이렇게 하나씩 성공을 쌓아 나가면 『봄』이 올지도 몰라."

봄― 그건 혁명이 성취되는 것을 의미하는 걸까.

에르나는 적당한 피로감에 휩싸여, 술을 권하는 그들의 제안을 가볍게 받아넘겼다.

약 30분간 계속된 위로회를 마치고, 에르나와 아네트는 창고로 이동했다.

지하는 아무래도 잠자기 불편해서 『의용 기사단』이 점유한 방 하나를 빌렸다. 만약 『창세군』이나 친위대가 온다면 당장 도망칠 수 있게 루트는 확보해 뒀다. 두 사람은 나무 상자에 이불을 깔았을 뿐인 간이침대에 동시에 쓰러졌다.

"나님! 이제 탄광에서 일하는 건 지긋지긋해요!"

"응. 에르나도 이제 침입하고 싶지 않아……."

드물게도 의견이 일치했다.

아네트는 베개에 얼굴을 묻고서 「으아아아아아」 하고 소리 지르며 다리를 바동거리고 있었다. 스트레스로 폭발하기 직전인 것 같았다. 화가 폭발한 아네트라니, 싸움을 일으켜 댈 미래밖에 안 보였다. 아슬아슬하게 탈출해서 다행이었다.

에르나는 아네트의 예쁜 뒤통수를 빤히 바라보며 살짝 다가갔다.

"하지만 아네트—."

웃음이 나는 것을 억누를 수 없었다.

"—우리 의외로 잘하고 있어."

마음에서 우러난 진심이었다.

처음에는 어떻게 될지 걱정되던 콤비였으나, 순조롭게 임무를 수행해 내고 있었다. 지하 비밀 결사에 잠입하여 그들에게 환영받고, 혁명을 선동할 특종을 잡았다.

그게 바로 『등불』에서 선동조를 맡은 에르나와 아네트에게 주어진 역할이었다.

다른 연장자 멤버를 의지하지 않고 둘이서 해냈다.

게다가 에르나에게는 1년간 변호사 사무소에서 아르바이트를 하며 구축한, 반정부 사상을 가진 인물 리스트도 있었다. 잘 사용하면 『의용 기사단』은 한층 세력을 확대할 수 있을 터다.

아네트가 고개를 번쩍 들었다.

"참나! 잘하고 있긴 뭘 잘하고 있나요!"

"응?"

"나님! 니케 녀석한테 경계심 없이 모습을 보인 건 실수였다고 생각해요!"

"그, 그건 잘못했어……."

"나님! 반성이 부족하다고 생각해요!"

"노오오오오! 달려들지 마!"

갑자기 에르나의 뺨을 잡은 아네트와 엎치락뒤치락하며 난리를 치다가 나무 상자 침대에서 떨어졌다.

그대로 두 사람은 바닥을 굴러 창고의 천장을 올려다보았다.

"흐히히."

"에헤헤."

긴장을 풀면 웃음이 나왔다. 한 가지 일을 끝냈다는 성취감이 온몸을 채우고 있었다.

침대 위로 돌아가 들뜬 모습으로 대화를 나눴다.

"다른 언니들은 지금쯤 어쩌고 있을지 궁금해."

"우리보다 잘하고 있는 콤비는 없을 것 같아요!"

"틀림없어."

"릴리 누님은 평범하게 구속당했을 것 같아요!"

"……간단히 상상이 가."

"사라 누님은 키가 컸을지도 몰라요!"

"티아 언니는 노출도를 더 높였을 거야."

"모니카 누님은 분명 이상한 초인이 됐겠죠~."

"지비아 언니는 분명 근육질이 됐을 거야."

"그레테 누님은 클라우스 형님과 만나지 못해서 병들었을 거예요!"

"……보고 싶어졌어."

"음. 나님! 이해해요."

1년간 만나지 못한 동료들을 떠올리니 가슴이 조금 괴로워졌다.

지금 열심히 하고 있는 것을 칭찬해 줄 사람은 없었다. 아네트와 일을 잘 해내고 있다는 얘기를 들으면 그녀들은 어떤 얼굴로 놀랄까?

하지만 약한 소리는 하지 않는다. 모두 모이는 것은— 혁명이 이루어졌을 때다.

"아네트."

에르나는 정돈한 침대에 곧장 드러누운 파트너를 바라보았다.

"잠깐 쉬고서 산책하지 않을래?"

아네트가 의아해하며 「음」 하고 고개를 갸웃했다.

그 이상의 말은 하지 않고, 에르나는 침대에 쓰러져 일단 자기로 했다.

장에게 들키면 혼날지도 모르므로 몰래 기숙사를 빠져나갔다.

다른 사람의 눈을 피하기 위해 건물의 옥상을 따라 산책했다. 4층짜리 호텔에서 재봉소가 입점해 있는 3층짜리 빌딩으로. 굴뚝을 박차 옆에 있는 와공과 미장업자 빌딩으로. 이어서 브라스리와 사진관이 있는 빌딩으로.

당장에라도 비가 내릴 듯한 밤에 하늘을 올려다보고 걷는 사람은 없을 것이다.

때때로 아네트 특제 와이어총을 사용하며 야경이 반짝이는 피르카의 거리를 산책했다. 서로를 꽉 끌어안고 함께 공중을 훨훨 날았다.

디자이너가 공들여 디자인한 분수와 가로등이 넘쳐 나는 거리는 길 전체가 예술 작품이었다.

특히 이날은 큰길에서 성대한 행사가 열려서 트럼펫의 음색이 울려 퍼지고 있었다.

"오늘이 왕위 계승 2주년이 되는 날이래요!"

"흥, 역겨워."

궁전으로 이어진 큰길에는 밤인데도 많은 시민이 모여 있었다.

역시 너무 가까이 가면 위험하기에, 에르나와 아네트는 앞쪽 빌딩에서 멈추고 커다란 굴뚝 뒤에 몸을 숨겼다.

여기서는 안 보이지만, 클레망 3세를 칭송하는 퍼레이드가 이루어지고 있는 것 같았다.

왕족과 귀족으로 보이는 자들이 화려한 옷을 입고 차에서 손을 흔들고 있었다. 그것을 경호하는 친위대의 눈빛은 날카로웠다. 큰길 주변에는 경찰과 군인들 사이에 섞여 첩보 기관 『창세군』의 사람도 있을 것이다. 2년 전에 있었던 펜드 연방의 황태자 암살 사건 같은 참극을 경계하여 왕국 전체의 스파이가 구속당하고 있을 터다. 아마 무관계한 시민까지도.

달밤 아래, 꽃과 종이 꽃가루, 횃불로 장식된 길을 사람들이 지나갔다. 그 옆에서는 오늘 먹을 빵조차 얻지 못해 굶주리는 노숙자가 있었다.

국왕이 좋아한다는 불꽃이 올라올까 싶어서, 두 사람은 어깨를 나란히 하고 지붕에 앉았다.

야경을 내려다보며 에르나가 중얼거렸다.

"……실은 생각하고 있는 게 있어."

"음~?"

"이번에 『등불』은 이전보다 훨씬 규모가 큰 임무에 도전하고 있어."

"뭐, 그렇죠~. 나라 하나를 통째로 바꾸는 거니까요~."

"응. 그건 이 나라에서 고통받는 사람들을 구하는 일이기도 해."
밤바람에 흔들리는 앞머리를 쓰다듬었다.

"만약 달성된다면— 에르나는 마침내 나 자신을 좋아할 수 있을 것 같아."

줄곧 자신이 싫었다.
다른 가족이 모두 죽고 자신 혼자 살아남은 것에 부채감을 느꼈다. 사고를 자작극으로 꾸며 자신을 지키는 방법을 배웠다. 그런 비겁한 자신이 싫었다. 불행하면 동정받는다. 그걸 배우고 불행을 사랑했다. 무의식적으로 이끌리고, 때로는 타인을 끌어들였다.
고개를 끄덕이고서, 줄곧 가슴속에 품고 있었던 소망을 말했다.

"그러니까, 달성되었을 때— 에르나는 스파이 일에서 은퇴할 거야."

오요, 하고 아네트로서는 드물게도 앓는 소리를 냈다.
아직 클라우스에게도 전하지 않은 마음이었다.
"사라 언니의 꿈을 따를 거야. 『등불』을 떠나는 건 섭섭하지만, 사라 언니와 가게를 열고 느긋하게 지낼 거야."
사라가 은퇴를 생각하고 있다는 것은 이미 들었다.
감화된 것이리라.
원래부터 평온한 나날을 보내는 것을 더 좋아했다. 그걸 택하지 못했던 것은 사명감 때문이었다. 가족과 『봉황』에 대한.

하지만 1년간 자신이 행하는 영향이 얼마나 큰지 자각하고, 느끼게 되었다.

—이 썩어 빠진 나라를 변혁하여 가족 앞에 떳떳하게 설 수 있는 훌륭한 인간이 되었을 때.

—『봉황』을 괴멸로 몰아넣은 《효암 계획》의 전모를 알아냈을 때.

분명 에르나는 후련한 마음으로 스파이 일에서 은퇴할 수 있으리라.

"그래서 이번에 에르나는 기합이 과하게 들어가 있는 거군요!"

아네트는 납득한 듯 크게 웃었다.

"탄광에서는 패닉에 빠졌었죠! 나님, 유쾌했어요!"

"시끄러워."

"근데 왜 나님한테 그 얘기를 해요?"

아네트는 의아한 듯 고개를 갸웃했다.

정말로 짐작도 못 하는 것 같았다.

그 둔함을 재미있게 여기며 웃었다.

"아네트, 너도 같이 올래?"

"……?"

"인정할게. 이러니저러니 해도 에르나랑 너는 좋은 콤비야. 이번에 확신했어."

밤의 차가운 공기를 들이마셨다.

"—사라 언니랑 우리, 셋이서라면 분명 즐거운 생활이 기다리고 있을 거야."

『등불』이 처음 결성됐을 때는 싸우기만 했고, 좀처럼 솔직해질 수 없었다.

하지만 지금이라면 본심을 밝힐 수 있었다.

에르나에게 아네트는 잘 맞는 친구였다. 다른 사람에게 벽을 치는 경향이 있는 에르나에게, 아네트는 그 벽을 강제로 부수며 대해 줬다.

"……."

하지만 아네트에게서는 대답이 없었다.

긴 침묵이 흐르자 얼굴이 뜨거워졌다.

"……뭐, 뭐라고 말 좀 해."

"……."

아네트는 까만 구멍 같은 눈으로 에르나를 응시하고 있었다. 인간미가 전혀 없는 표정이었다. 평소의 얄팍한 미소는 사라져 있었다.

"나님, 그건 어려울 것 같아요!"

맑은 유리 같은 무색투명한 목소리.

아무런 감정도 없는, 건조한 목소리였다.

"왜……?"

생각지 못한 대답에 숨이 답답해졌다.

아네트 쪽으로 몸을 돌리고 상체를 내밀었다.

"우리는 잘 지내고 있어. 너는 좀 더 평범한 인생도 살 수 있어. 『의용 기사단』 사람들이랑도 즐겁게 섞여 있었어. 분명 괜찮을—."

"나님, 연기하고 있을 뿐이에요!"

내민 손을 뿌리치듯 말을 차단당했다.

"그 결사의 사람들은 몽땅 다 어찌 되든 좋아요."

"뭐……?"

"한 번 더 말할게요. ─나님은 이 나라 사람들이 어떻게 되든 관심 없어요!"

전혀 간파하지 못했던 사실을 듣고 숨을 삼켰다.

활동 중에는 즐거워 보였고, 환영회에서 예쁨받을 때도 활짝 웃고 있었다. 그건 전부 연기였던 걸까.

─『등불』의 임무 때문에 상종하고 있을 뿐.

─그저 발명품을 테스트하는 것이 재미있을 뿐.

그런 거냐고 묻고 싶었지만, 주저하고 말았다.

아네트는 천천히 일어나, 치마를 부드럽게 부풀리며 몸을 돌렸다. 이제 돌아가려는 것 같았다. 에르나에게서 멀어지듯 걷기 시작했다.

"착각하지 말아요, 에르나."

툭 중얼거렸다.

"나님은 점점 악해질 거예요!"

그 말의 의미를 전혀 파악할 수 없어서, 에르나는 떠나는 아네트를 그저 바라볼 수밖에 없었다.

그날 밤에 불꽃은 결국 한 발도 올라오지 않았다.

◇◇◇

이틀 후, 장은 니콜라 대학의 강당에 『의용 기사단』의 멤버들을 모았다.

50명 이상의 청년이 모였다.

20인 이상의 집회는 법률로 금지되어 있기에, 여러 세미나의 이름을 사용하여 공부 모임이라는 명목으로 강당을 빌렸다. 관계자 외의 출입은 금지였다.

대학생뿐만 아니라, 지금껏 열심히 활동해 온 교외의 간부들도 불렀다.

장이 말하길, 이렇게 많은 멤버가 한곳에 모이는 건 2년 만이라고 했다.

평소에는 정보 누설을 우려하여, 기숙사에서 지내는 간부 외에는 한곳에 모이지 않았다.

직전에 알게 된 에르나는 괜찮은 거냐며 걱정했지만, 장은 『클로에 씨는 꼭 모두에게 직접 전하고 싶대』라며 강하게 주장했다.

특례인 것 같았다. 불안했으나, 모처럼 분위기가 달아올랐는데 찬물을 끼얹을 수는 없었다.

『이번 것은 나라가 뒤집힐 만한 뉴스니까』라며 그는 흥분해서 말했다.

모인 사람 중에는 전단을 퍼뜨리는 달인이 많이 있다고 했다. 관청에서 신분 증명서나 노동 증명서 위조를 담당하는 남성, 동지의 활동을 지지하는 여성 경찰관, 철도를 이용해 전국에 전단을 퍼뜨리는 철도원 등.

저녁 여섯 시, 강당의 추시계가 울림과 동시에 장이 입을 열었다.

"이번에 긴급히 멤버를 소집한 이유는 간단해."

그의 말솜씨는 제법 능란했다.

"왕정부의 지배를 뒤집을 수 있는 커다란 특종을 잡았어. 지금은 시간이 아까워. 짧게 정보를 전달하고 단숨에 전국에 뿌린다."

강당에 모인 멤버들이 「오오」 하는 소리를 냈다.

에르나와 아네트는 강당 뒤편에 있는 자리에 앉아 있었다.

"클로에 씨, 얘기해 줄래?"

장이 청하자 클로에가 강단에 올라왔다.

탄광에서는 피부가 병적으로 하얬는데, 지금은 안정이 됐는지 은은하게 붉은 기가 돌고 있었다. 베이지색 블라우스 차림으로 눈을 내리깔고 섰다.

"클로에라고 합니다. 3년간 그 탄광에서 일했습니다."

작게 고개를 숙이고 조금씩 말을 꺼내기 시작했다.

"3년 전까지는 뮤레 지방의 공장에서 일했지만, 공장 노동자 전체가 강제 징용되어, 원하든 원하지 않든 그 탄광군에서 일하게 됐습니다."

에르나도 몰랐던 그녀의 과거였다.

분명 여동생이 있다고 했었다. 정부의 사정으로 갑자기 살던 곳을 떠나 가족과도 떨어지고, 외부로부터 고립된 탄광으로 이동해

163

야 했던 걸까.

'이 사람의 처지에는 동정해⋯⋯.'

다른 간부들도 안타깝다는 듯 입술을 깨물고 있었다.

분명 다들 그녀와 비슷하게 비통한 과거를 짊어지고 있을 것이다.

'하지만 이 사실을 전 세계에 퍼뜨리면—.'

클로에는 우선 노동 환경을 이야기했고, 이윽고 본론인 파업 이야기로 넘어갔다.

"지난달, 벨트람 탄광군에서 큰 파업 운동이 일어났습니다. 바리케이드를 구축하고 제7채굴갱을 근거지 삼아 농성하며 노동 환경 개선을 호소했습니다. 하지만 정부 측과의 교섭은 잘 풀리지 않아서, 이윽고 싸움으로 발전했습니다⋯⋯."

에르나가 얻은 정보와 다르지 않았다.

강당 앞쪽에 앉아 있던 간부 여성이 끼어들었다.

"⋯⋯혹시 예의 그 폭발 기사의 진상은—."

"국왕 친위대와 파업 단체의 항쟁. 거기서 쓰인 수류탄일 겁니다."

오오, 하는 소리가 간부들의 입에서 나왔다.

그들도 일의 중대함을 이해했을 것이다. 몸이 앞으로 쏠려 있었다. 왕정부의 커다란 약점이 될 밀고였다.

장이 긴장한 얼굴로 「계속 말해 줘」라고 재촉했다.

클로에는 입술을 깨물고 진지한 얼굴로 고개를 끄덕였다.

"원래부터 파업에 관한 소문은 탄광 노동자 사이에 퍼져 있었습니다. 구체적인 일시는 공개되지 않았지만, 일이 벌어지면 달려와 달라고……. 저는 참가하지 않았으나, 제가 인식하기로는 점심쯤 시작되었습니다. 하지만 그날 저녁에 많은 군인이 왔고—."

클로에는 처참한 현장의 모습을 자세히 이야기했다.

울려 퍼지는 총성과 폭음. 그녀는 숙소에 틀어박혀, 다른 노동자와 함께 무릎을 끌어안고서 앉아 있었다. 탄갱 일부가 무너지는 땅울림 같은 소리. 전투는 한 시간도 안 되어 끝났고, 그 후 많은 노동자가 모습을 감췄다.

흥분했던 간부들도 그 이야기를 듣고서, 뒤쪽에 있는 에르나도 알 수 있을 만큼 분개했다.

이야기가 일단 끊기자 장이 앞으로 나왔다.

"—그렇게 된 거야. 더 자세한 이야기는 나중에 정리하기로 하고, 내일부터는 이 사실을 퍼뜨려야 해. 계획K를 발동한다. 기관지를 긴급 발행. 전국에 뿌린다."

강당 전체에 울려 퍼지도록 말했다.

혁명으로 가는 커다란 한 걸음을 축복하듯이.

"총력전이다. 우리가 가진 최대한의 힘으로—."

"—다만, 여러분이 이해해 주셨으면 하는 게 있는데."

클로에가 장의 이야기를 막았다.

"모든 일의 흑막은 가르가드 제국의 스파이라는 겁니다."

분위기가 달라졌다.

이전과는 전혀 다른, 몹시 날카로운 목소리였다.

아무도 예상치 못했던 발언이라, 찬물을 끼얹은 듯한 정적이 생겨났다. 간부들은 물론이고 장도 굳어 있었다.

이해할 수가 없었다. 에르나도 마찬가지였다.

갑자기 클로에의 태도가 바뀐 것 이상으로, 그 발언 내용을 이해할 수 없었다.

"비열한 가르가드 제국의 스파이들은 우리의 생활을 늘 위협하고 있어요."

클로에는 계속 이야기했다.

"그들의 목적은 라일라트 왕국 최대의 공업 지대를 파괴하여 산업을 정체시키는 것. 지역의 철도는 여러 번 폭파당했고, 탄광에서 일하는 사람들의 사무소에 방화 사건이 있었어요. 우리 노동자는 가르가드 제국의 스파이를 두려워하고 있어요."

말은 점차 열기를 띠었고, 성량도 커졌다.

"한탄스럽게도 공업 지대에서는 그들에게 선동당해 반정부 활동을 하는 자도 있어요. 이번에 발발했던 파업도 그랬죠. 가르가드 제국의 스파이가 왕정부에 대한 증오를 부추겨서, 그들은 과격한 흉행을 저지르고 말았어요. 국민끼리 서로를 증오하고 죽이도록 유도당했어요."

이런 억양으로 얘기한 적은 이제껏 없었다.

목소리에 힘이 있어서 강당 구석구석까지 확실하게 전달되었다. 명백하게 훈련받은 발성법이었다. 한마디 한마디가 또렷하게, 위화

감 없이 귀에 들어왔다.

에르나의 마음속에서 불길한 예감이 치솟았다.

그녀는 분명한 의식을 가지고서 『의용 기사단』을 개심시키려 하고 있었다.

"벨트람 탄광군은 제국의 스파이에게 위협당하고 있어요. 저는 그 사실을 전하고 싶어서 여러분을 만나러 온 거예요."

"잠깐만—."

더는 참을 수 없었는지 장이 끼어들었다.

고요한 시선을 보내는 클로에에게 그는 성큼성큼 다가갔다.

"무슨 말을 하는 거야?! 미리 의논했던 것과 다르잖아!!"

"하지만 이게 진실이에요."

"애초에 왕정부는 당신을 강제 징용하여—."

"원래 있었던 공장은 언제 망해도 이상하지 않았어요. 이런 시대에 일자리가 있는 것만으로도 감사한 일이에요. 이 나라의 발전에 종사하고 있다는 걸 자랑스럽게 여기고 있어요."

클로에는 어디까지나 정부를 감싸는 발언을 반복했다.

표정에서는 어딘가 어이없어하는 기색이 보이고 있었다.

"이건 벨트람 탄광군 노동자들 전체의 공통된 뜻이에요."

"……! 그런 말도 안 되는—."

"아니라고 하신다면 물어볼게요. 여러분은 탄광 부지 밖까지 울린 폭발음을 뭐라고 인식하고 있죠?"

"뭐……? 그야 친위대가 수류탄으로 노동자를—."

클로에는 작게 웃었다.

"거기까지 추측했는데 모르시겠어요? 고작 파업을 진압하는데 왜 폭탄까지 꺼내 들었을까요? 무너질 우려가 있는 탄광에서? 소총으로 충분한데 말이에요. 쓸 수밖에 없었던 사정이 있었던 거라고 추측해야죠. 맞아요. 노동자들은 중화기로 무장하고 있었던 거예요."

"……!"

"이상하죠? 그 공업 지대는 육군이 감시하고 있어요. 화기 반입이라니, 일반 노동자에게는 불가능해요. 스파이 기술을 가진 자가 돕지 않는 한."

클로에가 펼치는 논리에 장은 답이 궁해졌다.

그 모습을 보고 간부들은 곤혹스러워하며 「어떻게 된 거야?」 하고 눈빛을 주고받고 있었다.

집회가 생각대로 진행되고 있지 않다는 것을 눈치챘을 것이다.

개중에는 올곧은 눈으로 클로에를 바라보는 자도 있었다. 일단은 얘기를 들어 보자는 태도였다.

냉정한 대응으로 보이지만, 어떻게 생각해도 좋지 못한 선택이었다.

장이 이야기를 억지로 막으려고 했을 때, 클로에는 한층 더 말했다.

"이상한 점은 더 있어요. 현장에 있었던 『왕은 바꿀 수 있다』라는 슬로건을 보고 반정부 운동이라고 추측한 모양인데, 이거 이상하지 않나요? 노동자가 요구하는 건 일단 노동 환경 개선과 임금 인상이겠죠. 왜 단계를 건너뛰어 국왕을 비난하죠? 탄광 관리 측도 그래요. 파업을 억제할 거면 탄광군을 여덟 구역으로 나누는 철망이나 번호판 같은 데 비용을 들이는 게 아니라 지저분한 숙소를 개선하면 되잖아요?"

클로에는 단숨에 말하고서 조용히 미소 지었다.

"상식적으로 생각하면— 배후에 있는 가르가드 제국의 스파이를 눈치챘겠죠."

에르나는 멍하니 있었다.

'이 사람은 무슨 소리를 하고 있는 거야?'

목적을 알 수 없었다.

확실히 에르나의 추측에는 억지스러운 부분이 있었다. 그렇기에 에르나는 위험을 감수하고, 증언해 줄 사람을 찾은 것이었다. 노동자 본인인 클로에로부터 그들의 만행을 듣기 위해.

'이런 기색은, 우리 앞에서는 한순간도—'

빠르게 이어지는 클로에의 말에 장은 당황할 뿐이었다.

그 반응을 유쾌하게 여기는 것처럼 클로에의 입꼬리가 비틀리는 것을 에르나는 놓치지 않았다.

클로에는 강당의 간부들을 향해 드높이 말했다.

"떠올려 주세요! 가르가드 제국의 군인들이 우리의 부모를 어떻게 죽였는지! 아름다운 피르카의 거리에 얼마나 많은 대포를 쐈는지!"

열심히 호소했다.

마치 비극의 여주인공처럼.

"하늘을 뒤덮었던 폭격기에 겁먹었던 밤을 떠올려 주세요!"

눈물을 글썽거리며, 말의 힘으로 청중의 마음을 직접 두드렸다.

"―가르가드 제국의 프로파간다를 진심으로 받아들이지 말아 주세요!"

"웃기지 마아아아아아아아아아!!"
장이 호통치며 강당의 벽을 때렸다.
명확한 악의를 눈치챈 것 같았다. 주먹에 피가 맺히는 것도 아랑곳하지 않고 클로에를 향해 외쳤다.
"시답잖은 거짓말 하지 마! 왕정부의 만행은―."
"자신의 감정에 안 맞는 사실은 은폐하는 건가요?"
클로에는 조롱하듯 피식 웃었다.
"―당신들이 데려온 증인인데?"
그 여유로운 태도는 아까 탄광에서 겁에 질려 떨었다고 증언했던 인상과는 달랐다.
답이 궁해진 장은 도움을 바라듯 강당 뒤편에 있는 에르나를 보았다.
"정말이야? 정말로 벨트람 탄광군에서 데려온―."
"……틀림없어."
에르나도 즉시 일어나 부정했다.
당장 강당의 분위기를 바꾸지 않으면 큰일이 벌어진다.
"틀림없지만, 다만―."

"진실을 외면하지 말아 주세요!"

클로에는 목소리를 높여, 에르나에게 말할 틈을 주지 않았다.

"지금도 이 나라에는 무수한 제국의 스파이가 잠입하여 온갖 파괴 공작을 벌이고 있어요. 왕정부의 악평을 날조하고, 국민끼리 서로를 미워하도록 만들고 있어요."

그녀는 도취된 듯한 음성으로 말하며 작게 미소 지었다.

"이 나라를 지킬 수 있는 유일한 사람은— 니케 님뿐이에요."

"내 이름을 불렀나?"

강당의 가장 뒤쪽에서 갑자기 나온 목소리에 다들 숨을 삼켰다.

뒤에 있는 강당 문으로 들어왔을 것이다.

청중들 모두가 클로에에게 의식을 빼앗긴 순간, 소리 소문도 없이 숨어든 것 같았다.

이 세상 것 같지 않은 아름다움을 구현한 여성.

아름다움과 늠름함을 동시에 내포한 눈동자, 레이스 커튼처럼 가볍게 나부끼는 머리카락, 그리고 자애와 모성에 찬 풍만한 흉부와, 적당히 굵고 탄력 있게 뻗은 다리.

라일라트 왕국의 영웅이자 지배자— 첩보 기관 『창세군』의 정점 니케였다.

◇◇◇

짝짝짝, 건조한 박수 소리가 울렸다.

후방에서 당당히 들어온 니케는 건투를 치하하듯 웃으며 강당 중앙을 나아갔다. 손뼉을 치고서 클로에와 그녀 곁에 있는 장을 보며 웃었다.

"훌륭해. 용케 진상에 도달했구나."

"니케……."

장의 입에서 생기가 느껴지지 않는 목소리가 흘러나왔다.

강당에 있는 간부들은 한 명도 움직이지 못했다. 다들 니케가 어떻게 생겼는지는 알고 있는 것 같았다. 만약 몰랐더라도, 이상한 위압감을 풍기는 아름다운 그녀를 보면 누구나 알아차릴 것이다.

니케의 뒤를 이어 수행원 같은 남자 『타나토스』가 조심스럽게 머리를 숙이고 강당에 들어왔다. 여전히 탁한 눈을 가진 꺼림칙한 남자였다.

두 침입자를 보고 『의용 기사단』의 멤버들은 하나같이 아연실색하고 있었다.

"클로에 씨가 부른 건가요?"

제일 먼저 정신을 차린 장이 강단에 있는 인물에게 따졌다.

"집회 장소가 들통날 리 없어. 전부 당신들이 짜고─."

"무관계해."

니케는 하얀 이를 보이며 손을 휘휘 내저었다.

"우리는 처음부터 너희의 활동을 다 알고 있었어. 무해하니까 내 버려 뒀을 뿐이지."

적어도 넋 놓고 보게 되는 미모를 가진 여성은 그저 상냥한 음성으로 말함으로써 상대의 독기를 없애 버렸다. 같은 여자인 에르나조차 매료하는 고혹적인 미소였다.

장은 아연해하며 말을 잇지 못했다.

하지만 에르나의 이성은 외치고 있었다.

'허풍이야.'

어떻게 생각해도 클로에와 니케가 무관계할 리 없었다.

타이밍이 너무 좋았다. 아까 클로에가 했던 연설은 훈련받은 티가 났다.

—클로에 페르셰는 『창세군』의 공작원이다.

장도 역시 눈치챈 것 같았지만, 혼란스러운 듯 말을 꺼내지 못하고 있었다. 갑작스러운 니케의 등장, 그리고 그녀의 미모를 코앞에서 목격하여 시선이 방황하고 있었다.

"대체 뭘 하러……."

그의 입에서 흘러나온 말은 너무나도 연약했다.

니케는 크게 숨을 들이쉬더니 믿을 수 없는 행동을 했다.

"—미안했다."

사과했다.

깊이 머리를 숙이고 무방비하게 뒤통수를 보였다. 그걸 두 번 되풀이했다. 장뿐만 아니라 강당에 있는 간부들에게도 정중하게 허리를 숙여 사죄의 뜻을 보였다.

머리를 숙인 자세로 3초나 정지해 있다가, 이윽고 고개를 들고 미안한 듯 눈썹을 꺾었다.

"너희가 크게 오해하도록 만든 것 같아. 벨트람 탄광군의 노동자를 데려갔다는 정보를 듣고, 좋은 기회이니 설명하자 싶었어."

니케는 어디까지나 저자세로 나왔다.

옆에서 대기하던 타나토스가 당황한 듯 손을 움직였다.

"……니, 니케 님, 당신께서 사죄할 필요는—."

"시끄러워."

니케가 그의 발을 하이힐의 구두코 부분으로 걷어찼다.

"앙!"

타나토스는 황홀해하는 소리를 내고서 침묵했다.

어떤 상황에서든 그들의 관계성은 변하지 않는 것 같았다.

상황에 맞지 않는 얼빠진 대화는 『의용 기사단』 멤버들의 당혹스러움을 가속시켰다. 그들은 이제 침음을 흘리는 허수아비처럼 조용히 바라볼 수밖에 없었다.

"……오해?"

장이 기분 나쁘다는 듯 눈썹을 찡그렸다.

"뭐가 오해란 거지? 설명해 주시겠습니까?"

강당 뒤쪽에서 에르나는 혀를 깨물었다.

'—대화를 받아 주면 안 돼!'

눈으로 호소했으나, 장은 에르나를 보지 않았다.

전부 분위기를 조성하는 퍼포먼스였다. 갑자기 나타난 것도, 자신의 아름다움을 과시하는 행동거지도, 갑작스러운 사죄도, 우스꽝스러운 부하와의 대화도, 전부.

대화의 주도권은 니케가 쥐고 있었다.

깨부숴야 할까, 생각했다.

하지만 여기서 눈에 띄는 움직임을 보인다면 니케에게 찍힌다. 움직일 수 없었다.

적이 공간을 장악하는 것을 방관할 수밖에 없었다.

"이 여성이 설명한 대로야. 탄광군에서 일어났던 파업은 가르가드 제국이 뒤에서 조종한 거였어."

설명을 요구받은 니케는 경쾌한 음성으로 이야기하기 시작했다.

"그렇기에 왕정부는 은폐해야 했어. 『가르가드 제국의 스파이가 다수의 파괴 공작을 성공시키고 있다』…… 그런 사실이 밝혀지면 제국은 더 기세등등해지고, 국민은 불안해져. 나라를 지키기 위해 필요한 조치였어."

궤변이었다.

그리고 그걸 꿰뚫어 볼 이성은 장에게 남아 있었다.

"웃기지 마……."

강단을 세게 내려치고 언성을 높였다.

"……우리의 동지가 벨트람 탄광군에서 실종됐어. 너희가 죽인

175

거야! 다른 노동자들도—."

"동지의 코드 네임은 『다이스』, 본명은 질베르 르뒤크, 맞나?"

니케는 대수롭지 않게 말했다.

어? 하고 얼빠진 소리를 내는 장을 보며 상냥하게 웃었다.

"안심하도록. 국왕 친위대가 국민을 죽일 리 없잖아?"

니케가 출입구 쪽을 턱짓하자, 『창세군』의 공작원인 것 같은 새로운 여성이 남성 한 명을 데려왔다.

장과 나이가 비슷해 보이는 20대 중반의 남성이었다. 짧은 갈색 머리와 앳된 구석이 남은 얼굴. 청결한 셔츠를 입은 그는 미안해하는 얼굴로 「……장」이라고 말했다.

생김새의 특징을 보고 에르나도 알아차렸다.

「질베르……」하고 장이 멍하니 중얼거렸다.

그랬다. 벨트람 탄광군에서 실종됐다고 여겨졌던 『의용 기사단』의 공작원이었다. 신체 어디에도 외상은 없었고, 피부는 반질반질해 보였다.

"……니케 씨의 말이 맞아."

그는 강당의 중앙으로 가서 가냘픈 목소리로 멤버에게 말했다.

"벨트람 탄광군에서 사망자 같은 건 안 나왔어. 나는 가르가드 제국의 스파이에게 놀아나서 파업에 참가했어. 그래서 알아. 친위대가 죽인 건 제국의 스파이뿐이야. 노동자는 모두 보호받았고, 나는 지금까지 조사를 받고 있었어."

호소하듯 말했다.

"우리가 틀렸던 거야. 나쁜 건 가르가드 제국이야. 국왕이 아니야."

이해할 수 없었다.

그는 국왕을 증오하며 혁명에 대한 강한 의지를 가지고 있던 활동가였을 터다.

그랬던 그가 왜 니케에게 아첨하듯 동료를 타이르고 있는 걸까.

의지했던 동료에게 뜻밖의 설득을 당하고 장은 「그럴 수가……」라며 잠긴 목소리를 냈다. 눈에서 힘이 사라지며 공허해졌다.

"웃기지 마. 내 아버지는—."

"너도 말했었잖아? 너희 아버지는 폭력 혁명을 긍정했어. 시민에게 피해가 미칠 만한 행위를 정부가 인정할 리 없지."

질베르가 안타깝다는 듯 장의 어깨에 손을 얹었다.

"보냈을 텐데? 더러워진 날개를. 우리의 상징을."

"아?"

"그렇게 에둘러서 전달하지 않고 확실히 말할게. 이 비밀 결사는 더럽혀졌어. 파업 직전에 깨달았어. 틀린 건 우리야."

"—큭."

혼이 빠져나간 것처럼 장의 몸이 비틀거렸다. 빈혈인 것 같았다. 열심히 발을 움직여 어떻게든 벽에 손을 짚고 몸을 가눴다.

『의용 기사단』 대표의 마음이 점차 꺾이는 모습을 그저 바라볼 수밖에 없었다.

어떻게든 해야 한다고 초조감이 커졌지만, 가장 중요한 말이 나오지 않았다.

강당에 있는 다른 간부들도 마찬가지였다. 아무도 큰 소리를 내지 못하고 서로 사태를 추측하듯 작게 상의하고 있었다.

다들 머릿속에 떠올라 버린 것이다. 부정하려고 해도 머릿속을 스치는 발상.

—**우리가 틀렸던 게 아닐까.**

그렇게 초조함에 사로잡힌 간부들에게 구원의 손길을 내민 것은 생각지 못한 인물이었다.

"너희는 나쁘지 않아."

적일 터인 니케가 자애로운 미소를 짓고 있었다.

모든 것을 용서하고 안아 주는 성모 같은 표정이었다. 풍만한 흉부를 강조하듯 손을 얹고, 귀를 간질이는 음성으로 말했다.

"오히려 훌륭하다고 감동하고 있어. 자력으로 폭발 사고의 진상에 도달하다니."

감격에 겨워 떠는 것처럼 몸을 감싸 안았다.

"너희의 첩보 기술은 뛰어나. 젊은이들은 정부에 반감을 품는 법이지. 부정하지 않겠어. 하지만 그 밑바탕에 있는 건 나라를 좋게 만들고 싶은 순수한 애국심이잖아?"

그녀는 위로하듯 말했다.

"앞으로는 제국의 스파이를 잡기 위해 그 수완을 발휘해 주지 않겠나?"

크게 몸을 놀렸다.

팔을 휘둘러 매력적인 자태를 흔들어서 강당의 시선을 한 몸에 모았다.

"『창세군』은 너희 『의용 기사단』과 꼭 협력을 맺고 싶어!"

강당에 있는 간부들의 눈에 일순간 희망에 깃들었다.

자신들은 구속당하지 않는 건가― 그런 놀람이 얼핏얼핏 보였다.

니케는 그 반응을 즐기듯 「머리를 숙이고 싶을 정도야」라며 손바닥을 펼쳐 보였다.

"부디 내 밑에서 일해 줬으면 해. 너희가 지금까지 저지른 불법 행위는 불문에 부치지. 앞으로는 손을 맞잡고 외적과 맞서 싸우지 않겠나!"

강당은 니케의 독무대였다.

아무도 끼어들지 않았다. 장소가 강당이라서 그런지, 마치 그녀의 강연을 들으러 온 청강생 같은 얼굴로 그녀의 말을 받아들일 수밖에 없었다.

하지만 내용은 전부 들을 가치도 없는 헛소리였다.

'이 여자는 무슨 말을 하는 거지…….'

에르나는 아연해할 수밖에 없었다.

니케는 조직을 통째로 강탈하려 들고 있었다. 장과 멤버들이 대대로 만들어 낸 조직을, 반란 분자를 적발하기 위해 산하로 들일 셈이었다.

'들을 리가 없어. 『의용 기사단』이 얼마나 왕정부를 적대시했는데.'

환영회에서 장이 가르쳐 줬던 이야기를 잊은 적은 없었다. 왕정부 타도를 위해 일하는 에르나와 아네트를 그들은 따뜻하게 맞아 들였고, 탄광에서 돌아왔을 때는 칭송해 줬다.

장이 제안을 일축할 것이다.

에르나가 기대한 대로 그는 그제야 비로소 여유를 되찾은 것처럼 무시하듯 코웃음 쳤다. 니케의 제안이 협력이 아니라 지배임을 간파했을 것이다.

"그런 웃기는—."

박수가 터져 나왔다.

장이 입을 연 순간, 그걸 막듯 강당 중앙의 남성이 박수를 치기 시작했다. 그에 동조하듯 간부들 몇 명이 박수를 쳤다.

찬성의 표명이었다.

그들은 감격한 듯 입술을 떨며, 동경하는 시선을 니케에게 보내고 있었다.

"허?"

장의 표정이 경악 일색으로 물들었다.

"이봐, 『덱』. 너 대체 어째서—."

그 젊은 남성이 누군지 알았다.

에르나가 수용소에서 구해 낸 남자였다. 대학 기숙사에서 재회했을 때, 그는 눈물을 흘리며 에르나와 아네트의 손을 잡고서 고맙다고 했었다.

그는 장이 간부 중에서도 신뢰하는 오른팔 같은 존재였을 터다.

"니케 씨의 말이 맞아."

상쾌한 표정으로 박수를 치고 있었다.

"의문스럽긴 했어. 생활이 힘든 건 제국 녀석들이 우리의 국토를 침략해서 그런 게 아닐까, 하고……!"

이전까지의 주장과는 전혀 달랐다.

그도 『창세군』의 공작원인 걸까? 수용소에서 이미 니케에게 포섭당했나?

그 가능성이 스쳤으나, 주장할 수 있는 근거는 없었다.

'왜……? 이렇게 간단히…….'

하지만 결사의 최고 간부가 돌아서면서, 몇 사람이 더 용기를 얻은 것처럼 한 명씩 일어나 「니케 씨를 따라야 해」 「클로에 씨의 증언도 타당성이 있어」라며 전향을 표명했다.

—『의용 기사단』이 붕괴되어 갔다.

동지가 차례차례 『창세군』에 투항해 나갔다.

악몽 같은 광경 속에서 니케만이 「신속한 판단이군. 훌륭해」라며 웃고 있었다.

"말도 안 돼……. 너희, 어째서……."

믿을 수 없다는 듯 장이 고개를 가로저었다.

"대체 왜……. 무슨 말들을 하는 거야? 우리는 왕정부를……."

에르나도 같은 심정이었다.

그들은 오랜 세월 정부를 미워하며 활동에 힘썼을 터다.

일부러 순종하여 『창세군』에 숨어들려는 수법인 것 같지도 않았다. 그런 탐색전이 통할 상대는 아니었다. 그건 그들도 명백히 알고 있을 터.

이제 3분의 1에 가까운 인간이 니케에게 찬동하듯 박수를 보내고 있었다.

에르나는 그 빠른 변심에 아연해지고 말았다.

"—역시 이런 결과가 되어 버렸네요."

옆에서 아네트가 내씹듯이 말했다.

시시하다는 듯 경멸하는 시선으로 그들을 보고 있었다.

"아네트?"

"변심한 게 아니에요. 이 녀석들이 미워하는 건 왕정부가 아니라 사회예요. 분노의 화살을 다른 곳으로 보내게 됐을 뿐이죠."

"그런 수준이—."

"나님은 몇 번이나 말했어요! 이 나라의 인간에게 구할 가치 따위 없다고."

아네트는 턱을 괬다.

"모두가 일치단결하면 정부 따위 쓰러뜨릴 수 있어요. 경찰과 군인도 말단은 서민이죠. 다들 협력하면 돼요. 그렇게 혁명을 이룬 나라는 많아요."

"……읏."

"결국— 이곳의 국민에게 혁명을 일으킬 기개는 없는 거예요."

강당에서 니케에게 아첨하는 얼굴로 박수를 보내는 결사 동지들을 보았다.

"모든 괴로움은 전부 가르가드 제국 탓이라고 세뇌당하니까."

「그런―」이라는 말이 나왔지만, 완전히 부정할 수 없었다.

힌트는 곳곳에 있었다.

―10구의 운하 옆에서 가르가드 제국민에게 차별 감정을 드러내던 청년들.

―벨트람 탄광군에서 니케를 영웅으로 보던 노동자들.

―국왕의 축전 퍼레이드를 즐거운 눈으로 바라보던 시민들.

왕정부에게 착취당하고 있는 국민조차, 대부분이 왕정부에 순종적이었다.

혁명 따위 눈곱만큼도 생각하지 않고, 국왕과 귀족들을 칭송하며, 때때로 가르가드 제국 사람을 차별하고, 그리고 자신들을 감시하는 『창세군』에게 아첨했다.

도축업자를 응원하는 가축. 그렇게 표현하는 게 어울렸다.

"개중에는 자력으로 세뇌를 푸는 사람도 있겠지만, 이렇게 가짜 진실을 알게 되고, 동료에게도 설득당하고, 『창세군』에게 협박당하면, 간단히 다시 세뇌돼요."

"왜……."

"클라우스 형님도 말했던 대로― 이 나라는 병을 앓고 있어요."

미리 들었던 정보를 떠올리고 퍼뜩 정신이 들었다.

강당 안에는 여전히 니케의 주장에 저항하는 자도 있었다. 「나는 안 믿어!」라고 외치며 용감하게 니케와 적대하는 자세를 보이고 있었다. 절반 이상의 간부가 니케의 감언에 혹하지 않고 일어나서, 당황스러워하고 있는 동료를 격려하고 있었다.

"거역하는 자는—."

니케가 입을 열었다.

"—가르가드 제국의 스파이인 걸까?"

살기가 순식간에 강당을 뒤덮었다.

벨트람 탄광군에서 에르나가 느꼈던 그 싸늘한 위압감. 신체 기능이 망가진 것처럼 땀이 솟구쳤다.

조금 전까지 반항적인 태도를 보였던 학생들도 곧장 위축되었다.

—니케를 따르면 살아남을 수 있다. 거역하면 즉시 구속당한다.

그 양자택일에 직면했을 때, 맞설 수 있는 자는 없다.

애초에 지하 비밀 결사의 멤버는 아무런 훈련도 받지 않은 청년들이었다.

"안심하도록. 내가 있어. 이 나라를 제국의 악귀로부터 지켜 낸 내가."

이윽고 그녀는 걷기 시작했다.

창문 쪽에서는 다른 발소리가 들렸다. 이미 이 강당은 포위당했으리라. 니케는 다수의 부하를 데려온 것 같았다.

"사랑하는 국민들이여. 나의 말에만 귀를 기울여라."

니케는 천천히 팔을 들었다. 지휘자처럼 우아하게 손을 흔들고 공중에서 멈췄다.

그녀의 가느다란 검지는 똑바로— 에르나의 얼굴을 가리키고 있었다.

"조사한 바— 저 소녀들은 가르가드 제국민인 모양이야."

위험하다는 생각에 즉시 몸을 돌렸다.

니케 편에 붙은 학생들이 흥분하여 「저 녀석들은 제국의 스파이였던 거야!!」라고 호통쳤다.

"우리를 세뇌했던 거야! 잡아라아아아!!"

도망치면 인정하는 것이나 다름없지만, 설득할 수 있을 것 같지 않았다.

다음 순간, 강당의 창문이 깨지고 무수한 공작원이 강당에 돌입했다.

깨진 유리창에 겁먹은 『의용 기사단』의 간부가 차례차례 구속당했다.

에르나는 한 걸음 앞으로 나가 강당 중앙으로 높이 뛰었다. 치마에서 아네트 특제 연막탄을 작렬시켰다. 피어오른 하얀 연기는 강당 전체를 뒤덮어 나갔다.

"다들 연막에 숨어서 각자 도망쳐! 지리적 이점은 있어!!"

지금 에르나가 할 수 있는 일은 한 명이라도 많은 동지를 구출하는 것.

그리고 무엇보다 니케의 손아귀에서 벗어나는 것이었다.

이대로 가면 『의용 기사단』은 완전히 붕괴된다.

『의용 기사단』이 준비한 샛길이 어디 있는지는 들었다. 대학 남단의 자료실에 도달하여 책장을 밀어 넘어뜨리면 지하로 가는 통로가 있다.

연막을 뚫고, 공작원들이 깬 창문을 반대로 이용해서 뛰쳐나갔다.

하지만 강당 밖의 안뜰에 내려섰을 때, 기다리고 있었다는 듯 주먹을 치켜드는 남자가 있었다.

"배신자아아아아아아아!"

입술을 깨물었다.

『창세군』의 공작원이 아니었다. **에르나를 덮친 것은 『의용 기사단』의 동료**였다. 환영회 때 에르나에게 술이 아니라 주스를 권해줬던 남성.

비밀 통로를 쓸 것을 예상하고 미리 와 있었을 것이다.

예전에 클라우스가 알려 준 가르침이 다시금 머릿속을 스쳤다.

『왜 혁명이 실현되지 않는가? 그건 이 나라가 큰 병을 앓고 있기 때문이야.』

『귀족의, 귀족에 의한, 귀족을 위한 정치— 국민의 생활을 무시하는 초 격차 사회가 왜 용인되고 있는가. 답은 명백해.』

『—국민이 왕정부를 미워하지 않기 때문이야.』

『일부 지식인이나 활동가가 왕정부를 비난해도, 그게 국가 전체에 파급되지 않아.』

『국민이 원망하는 건 국왕이 아니라 가르가드 제국이야.』

『제국을 증오하도록 세뇌당해. 모든 악의 근원은 제국의 악귀들이라고. 라디오와 신문, 소문으로 매일같이 그들의 만행을 듣고 세뇌당해.』

『그렇기에 혁명은 일어나지 않아.』

그것이 라일라트 왕국에 만연한 병이었다.

아무리 핍박받아도, 아무리 열악한 환경에 내몰려도, 국민의 분노는 전부 가르가드 제국에 향한다.

왕정부를 비난하는 자는 가르가드 제국의 스파이— 그런 터무니없는 주장이 버젓이 통용된다.

—가르가드 제국이 라일라트 왕국을 침략한 것은 틀림없는 사실이니까.

에르나는 「미안」이라고 중얼거리고서, 안면이 있는 동료를 팔꿈치로 가격했다.

다행히 에르나 외에도 열 명 정도가 강당을 빠져나와 있었다. 니케에게 넘어가지 않은 『의용 기사단』의 멤버들이었다. 개중에는 분한 모습인 장도 있었다.

하지만 거기서 벗어나려고 한 순간, 동료 두 명이 날아갔다.

"―『아이온』이라는 이름을 쓰고 있어."

몸집이 작은 정장 차림의 남성이 서 있었다. 바라본 순간, 두꺼운 심홍색 머플러와 오른쪽 관자놀이에 새겨진 해골 타투가 눈에 바로 들어왔다. 강당에서 쫓아온 그는 가벼운 도약으로 접근하여 날아차기로 또 다른 학생 두 명의 턱을 가격했다.

머플러의 위치를 조정하고, 에르나를 향해 작게 혀를 내밀었다.

"걱정하지 마, 아가씨. 해치진 않을 테니까."

남성치고는 높은 목소리로 말하며 도발적으로 입꼬리를 올렸다.

가만히 에르나를 관찰하는 눈이 섬뜩해서 움직일 수 없었다.

장은 동료 네 명과 함께 몸을 돌렸다. 자료실로 가는 길을 포기하고 다른 길로 가려고 했다. 하지만 에르나는 이미 그 길에 있는 불행의 조짐을 느꼈다.

"그쪽이 아니야!!"

제지했지만 늦었다.

부주의하게 안뜰을 달려가려고 했던 장과 동료들의 몸이 중력을 잃은 것처럼 공중에 떠올랐다. 그들의 두 다리는 모두 와이어에 묶여 있었다.

"―『키르케』입니다."

와이어 옆에 말도 안 되게 머리가 긴 여성이 서 있었다.

발끝까지 올 것 같은 머리를 얼굴과 몸에 둘둘 감고 있었다. 입까지 머리카락에 덮여 있어서 목소리를 알아듣기 어려웠다. 손에는 길쭉한 바늘을 쥐고 있었다.

"헛된 저항은 하지 마세요. 저도 니케 님의 총애를 받고 싶거든요."

두 사람 다 『니케』의 부하인 것 같았다. 무투파 남성과 함정을 쓰는 여성.

지금까지 에르나가 해치웠던 『창세군』의 공작원들과는 수준이 달랐다.

협공하는 위치에서 에르나를 포위했다.

궁지를 타파할 책략을 찾고 있으니, 한층 더 절망에 빠뜨리는 목소리가 들렸다.

"『아이온』과 『키르케』— 좋은데! 순조롭게 인재도 성장하고 있는 모양이야."

돌아볼 필요도 없었다.

니케가 박수를 치며 강당에서 걸어 나왔다.

"『흑사마귀』라는 녀석이 우수한 부하를 잇달아 죽였을 때는 당황했지만. 의외로 어떻게든 됐어. 해군 정보 장교 출신의 신입 콤비였던가?"

그녀의 뒤에는 수행하듯 선 타나토스도 있었다.

"……니케 님은 교육에도 열심이니까요…… 윽, 왜 저를 꼬집는 건가요……?"

"이야~ 성장하지 않는 건 너뿐이라는 생각이 들어서 말이야. 타나토스?"

"앗…… 응……!"

"어라~? 임무 중인데도 흥분하는 거야? 변태에게는 벌을 줘야지."

아무런 예비 동작도 없이 니케가 타나토스의 엉덩이를 차올렸다. 그의 몸은 간단히 떠올라 안뜰에 있는 동상에 부딪혔다.

니케는 민망한 소리를 내며 쓰러지는 타나토스의 안면을 짓밟았다.

"우수한 인재는 늘 모집 중이야."

가학적인 미소를 머금었다.

"세뇌해 줄게. 너희도."

소름이 돋았다.

저도 모르게 시선을 내린 순간, 니케에게 얼굴을 밟히면서도 기뻐하며 웃는 타나토스가 눈에 들어왔다. 칠칠맞지 못하게 침을 흘리고 거친 숨을 몰아쉬며 허리를 꿈틀대고 있었다.

"……아아…… 좋아……."

타나토스는 끈적한 목소리로 말했다.

"……이제부터 니케 님에게 지배당할 너희가 부러워……."

부푼 고간이 시야에 들어와서 비명을 지를 뻔한 것을 참았다.

도망 따위 칠 수 없었다.

에르나와 아네트를 포함한 『의용 기사단』의 멤버들은 곧장 다시 강당으로 끌려갔다. 결국 아무도 강당을 벗어나지 못했다.

강당에는 『의용 기사단』의 간부들이 몇십 명이나 모여 있었다.

대학 기숙사의 거점에 있었던 멤버도 끌려와 있었다.

"구속구 같은 건 안 써."

니케가 가벼운 어조로 말했다.

"왜냐하면 이제부터 너희와 우호적인 관계를 구축할 거니까. 나의 성의야."

멤버 몇 명이 기뻐하며 고개를 끄덕이는 것이 오싹했다.

아니라고 말하고 싶었다. 니케의 인심 장악은 구속구 따위와는 비교가 안 된다.

고개를 숙이는 에르나 앞으로 니케가 경쾌하게 걸어왔다.

니케는 생글거리는 미소를 지우지 않으면서도, 눈에 담긴 멸시를 숨기지 않은 채 말을 걸어왔다.

"탄광군에서도 만났던가?"

기억하는 모양이었다.

머리색을 바꿨을 텐데 통하지 않았다.

"너희가 클로에 양을 데리고 나간 건가. 파업 운동도 파헤쳤구나. 훌륭해."

"……."

아무 대답도 하지 않았다.

한마디라도 꺼내면 모든 생각을 도둑맞을 것 같았다.

니케는 기분 나빠하는 기색도 없이 친근하게 말했다.

"지난달에 니르파 부대의 인간을 해치운 것도 너희—라고 해석해도 될까?"

"—윽."

시간문제이긴 했지만, 너무 빠른 추측에 말문이 막히고 말았다.

적어도 『비밀 결사의 일개 구성원』이라는 입장으로 있고 싶었으나, 헛된 바람이었는가.

니케는 에르나의 어깨에 손을 얹고서 「나중에 다 실토해 줘야겠어」라고 속삭였다.

어깨가 바스러지지 않을까, 하는 생각에 몸이 떨릴 만큼 강한 힘이 담겼다.

아파서 얼굴을 찡그리면서도 필사적으로 노려보았다.

"전부, 함정이었어……?"

"음?"

"클로에 페르세는 『창세군』의 공작원이야. 탄광 노동자들 사이에 섞여서, 파업 운동을 조사하러 온 자를 보고하는 역할을 맡고 있었어."

예정을 변경했다. 정체를 의심받고 있는 이상, 입을 다물고 있어도 좋을 게 없다.

조금이라도 니케에게서 정보를 얻고 싶었다.

"피싱— 당신들이 잘 쓰는 수법이야."

미리 알고 있었던 만큼 분했다.

전부 니케의 손바닥 위였다.

애초에 탄광군 자체가 함정투성이였다. 장 같은 반정부 사상을 가진 자라면 벨트람 탄광군의 폭발 사고 은폐를 알아차린다. 발을 들이지 않을 수 없다.

니케는 거기서 활동가를 색출해 내려고 했다.

"비밀 결사를 유인하려고 일부러—."

"—가렵군."

갑자기 니케가 자신의 팔에 손톱을 세웠다.

왼팔 안쪽에 붉은 선이 한 줄 그어졌다. 비단결처럼 매끄러운 피부의 그 부분만 붉어져 있었다.

자학하듯 한숨을 쉬었다.

"귀찮게 하지 말아 줘. 이 나이가 되면 피부를 관리하기도 힘들거든."

"뭐?"

"진드기 알레르기가 있어. 가벼운 수준이라 기밀 정보도 아니지만."

그녀는 에르나에게서 시선을 떼고 강당을 둘러보았다. 그곳에는 『의용 기사단』의 멤버가 모여 있었다.

그녀는 눈에 보이는 모든 것을 혐오하듯 눈을 가늘게 떴다.

"—진드기는 없애도 없애도 없애도 없애도 없애도 없애도, 끝이 없어."

재차 왼팔을 벅벅 긁었다.

그녀의 본질이 엿보였다.

니케는 에르나와 멤버들을 같은 인간으로 취급할 마음조차 없었다.

왕정부를 증오하는 비밀 결사의 모든 인간이 해충인 것이다.

이해할 수 없는 감각이었다. 에르나는 그렇다 쳐도, 장과 멤버들은 라일라트 왕국의 자국민 아닌가. 스파이로서 지켜야 할 대상을 어떻게 이렇게까지 업신여길 수 있단 말인가.

"당신들 『창세군』은 국왕 친위대와 손을 잡고 노동자들을 죽였어……!!"

폭파흔이 남아 있었던 그 탄광을 보면 그건 틀림없는 진실이다.

"경멸해! 당신에게 나라를 지키는 사명감 따위 없어! 자신의 권력을 지키기 위해, 거스르는 자를 죽이고 있을 뿐이야!"

"무슨 근거로 하는 소리지?"

니케는 싸늘하게 말을 내뱉었다.

"망상을 펼치지 말아 주겠나?"

"이 눈으로 봤어!"

에르나는 강하게 주장했다.

"그 탄광의 참상을—."

"그러니까 전부 가르가드 제국의 공작이라고요."

부정한 사람은 뒤에 서 있던 클로에였다.

가엾다는 듯 눈썹을 찌푸리고서 고개를 가로저었다.

"그 탄광에서 3년을 일한 제가 하는 말이니까 틀림없어요. 그 탄광군에서는 무수한 스파이가 노동자들을 선동하고 있었어요. 무장한 노동자를 진압하기 위해 국왕 친위대는 어쩔 수 없이 화기를 사용한 거예요."

"나도 보증해."

이어서 질베르가 목소리를 냈다.

체념한 듯 고개를 가로젓고 냉소했다.

"『의용 기사단』이었던 나도 같은 의견이야. 파업에 참가한 노동자는 모두 제국의 스파이에게 속고 있었어. 괜찮아. 노동자는 한 명도 죽지 않았어."

에르나의 말은 전부 묵살되었다.

매달리듯 강당에 있는 간부들에게 시선을 보냈다. 하지만 뒤따르는 자는 아무도 없었다. 고개를 숙이고서 바닥을 바라보고 있었다. 활동할 때 보여 줬던 용맹한 눈은 어디에도 없었다.

—결국 시민의식이 높을 뿐인 좌익 학생 단체였다.

다리에서 힘이 풀렸다.

이런 녀석들에게 무엇을 기대했던 걸까.

이런 비밀 결사를 지원해 봤자 혁명은 어림도 없다. 전부 포기하고 공화국으로 돌아가야 한다. 이 나라에서 굶주리는 국민을 구하겠다니, 착각도 유분수였다.

"아하하!"

누군가가 웃었다. 『창세군』 중 한 명이리라.

열심히 목소리를 높인 에르나를 비웃는 소리.

"하하하하!" "아하하하아하!"

『아이온』과 『키르케』도 배를 잡고 웃었다.

"하하하하!" "하하하!" "꺄하하!" "아하하하!" "으하하!"

『타나토스』도 클로에도 질베르도, 강당은 『창세군』 사람들의 조

195

소로 가득 찼다.

그 목소리가 하나하나가 몸을 후벼 파는 것 같았다. 자신이 잘난 줄 알았던 유치함이 부끄러웠다. 수치심이 들어 괴로웠다.

이길 수 있을 리가 없었다. 예전에 양성 학교의 낙오자였던 자신 따위가.

마음이 추워지는 감각에 괴로워졌을 때, 손에 온기가 느껴졌다.

아네트가 에르나의 떨리는 손을 잡아 주고 있었다.

"괜찮아요, 에르나."

"아네트……."

어느새 아네트가 옆에 서 있었다.

그 천진난만한 웃음을 이토록 든든하게 느낀 적은 없었다.

"나님! 이런 일도 있을까 싶어서 책략을 짜 뒀어요!"

유난히 얌전하다고 느꼈었는데, 비장의 수가 있었던 모양이다.

아네트는 처음부터 『의용 기사단』을 믿지 않았었다. 전부 내다보고 있었던 것이다.

"역시 아네—."

"코드 네임 『망아』— 짜 올리는 시간을 가지죠!"

그녀가 팔을 휘둘렀을 때, 뒤에서 폭음이 울렸다.

비명이 강당에 메아리쳤다.

불온한 기운을 느끼고 돌아보니 마침 한 남성이 쓰러지고 있었다. 복부에서 대량의 피를 흘리고 있었다. 명백한 치명상이었다. 제일 먼저 동료를 배신하고 에르나에게 달려들었던 『의용 기사단』의 전 멤버. 『덱』이었다.

부상자는 그뿐만이 아니었다. 그의 주위에 있던 『창세군』의 멤버도 몇 명 상처를 입었다. 어깨나 다리에서 피가 나는 것이 보였다.

소형 폭탄이 사용된 것 같았다.

폭발하면 주위에 있는 자에게 피해를 주는 위력이었다.

"호오."

니케가 감탄한 듯 중얼거렸다.

"아군을 폭파시키는 건가."

아네트가 대체 무슨 짓을 했는지 이해했다.

그녀가 미리 폭탄을 설치할 수 있었던 타이밍은 하나뿐이었다.

"……폭탄이 든 통신기를 동료에게 나눠 준 거야?"

"여기 있는 모든 간부가 나님의 폭탄이에요!"

당연하다는 듯 아네트는 긍정했다.

그녀는 『의용 기사단』에 처음 가입했을 때 간부들의 통신기를 개량했다.

거기에 화약을 넣은 모양이었다. 아네트의 수중에 있는 리모컨으로, 소지자와 주변 사람을 무차별적으로 공격하는 폭탄을.

여기 있는 『의용 기사단』의 간부 50명이 특제 통신기를 소지하고 있었다.

멤버들이 일제히 비명을 질렀다. 폭탄이 기동하면 소지자는 죽을 수밖에 없다. 아네트가 진심이라는 것은 고통스러워하는『덱』을 보면 알 수 있었다.

"만약 통신기를 버리려고 하면—."

아네트가 먼저 선수를 쳤다.

"—그 녀석의 통신기부터 폭발시킬 거예요."

그녀는 리모컨을 높이 들며 즐겁게 웃었다.

강당에 있는 모두가 아네트의 선언에 몸서리쳤다.

『의용 기사단』의 간부들은 자신의 주머니에 들어 있는 것이 얼마나 무서운 물건인지 이해하고 허둥거렸다. 그들을 포위한『창세군』의 공작원들은 강당의 벽 쪽으로 몸을 물렸다.

"우리 둘을 풀어 주지 않는다면 모든 폭탄을 폭발시키겠어요."

아네트의 말에 강당의 분위기가 다시 일변했다.

아네트 앞에서 적도 아군도 없다. 있는 것은 자신과 그 외의 것들뿐이다. 그녀는 『의용 기사단』이고 『창세군』이고 관계없이 모두 죽일 셈이었다.

틀림없이 궁지를 타파할 책략이긴 하지만—.

'틀렸어……. 이런 짓은…….'

에르나는 절망에 빠졌다.

옆에 있는 소녀는 이해할 수 없는 괴물이었다.

제어할 수 있을 리가 없었다. 에르나와 아네트를 환대해 준 환영
회에서, 그녀는 동료를 폭살할 계산을 하고 있었다.

"아주 미쳤군."

니케는 감탄한 듯 웃고 있었다.

"고민스러운걸? 모든 폭탄이 기동하면 나는 몰라도 부하는 대부
분 목숨을 잃겠지. 이 강당에서 벗어나라고 부하에게 명령하면 너
희가 도망쳐 버릴 거야."

"지금의 나님은 월등한 나님이라서요."

아네트는 의기양양하게 리모컨을 들었다.

"—점점 악해지는 것을, 나님은 이제 두려워하지 않아요!"

숨기지 않는 그녀의 본성.

에르나는 그걸 어떻게 받아들이면 좋을지 알 수 없었다.

니케만큼은 환영하듯 머리를 쓸어 올리고서 자신의 입술을 핥았다.

"좋은데? 적에게는 이 정도 기개가 있어야지."

"너한테 칭찬받아도 안 기뻐요."

"하지만 애석하게도 한 가지 놓친 게 있어. 자신이 세상의 중심이
라고 생각하는 인간이 흔히 저지르는 실수지."

"음?"

"타인에 대한 관찰이 부족해."

니케는 속삭이듯 말했다.

"이 나라에서는 나만 살아남는다면 전부 어찌 되든 좋거든."

눈으로 말하고 있었다. 부하의 목숨도, 국민의 목숨도, 아무런 가치도 없다고.

너무나도 비정상적인 사고지만, 그녀의 부하는 전혀 동요하지 않았다. 그게 바로 상식이라는 것처럼 조용히 경계를 이어 가고 있었다.

아네트는 「그렇게 나와야죠!」라며 미소 지었다.

"비장의 수는 아직 더 있어요. 널 엉망진창으로 파괴하기 위한."

"보여 줘. 『창세군』의 최고 공작원에게는 재판을 생략하고 사형을 집행할 수 있는 권한이 있어. 얼마든지 부응할 수 있어."

"그거라면 나님도 가지고 있어요! 나님의 법률로."

"우리 잘 맞는데? 다음에 같이 누디스트 비치에 가지 않을래?"

"나님! 아줌마의 알몸 따위 보고 싶지 않아요!"

"내 자존심이 너덜너덜해졌어. 눈물이 나는군."

니케가 더 강한 살기를 풍겼지만, 아네트는 전혀 겁먹지 않고서 이를 보이고 있었다.

그러나 직감이 알리고 있었다. 아네트는 이길 수 없다.

아무리 아네트가 대단해도, 격이 다른 이 여자를 능가할 수 있을 리가 없다.

"그럼 화목하게 친교도 다졌으니—."

니케는 무기를 요구하듯 부하인 『타나토스』에게 손을 내밀었다.

"—법률에 따라 형을 집행하지."

에르나는 아네트의 손을 꽉 잡았다.

여기서 죽는다면 최소한 그녀 곁에 있고 싶었다. 『등불』이 처음

창설되고 고립되어 있었던 에르나에게 가장 먼저 안겨 줬던 친구 곁에.

하지만 그녀의 손을 꽉 잡을수록 살고 싶다는 충동이 들었다.

"도와줘……."

목 안쪽에서 목소리가 나왔다.

"……도와줘…… 선생님……."

가장 먼저 나온 것은 상황을 뒤집을 수 있는 정신적 지주였다.

하지만 그는 와 주지 않는다. 이번 임무는 소녀들끼리 완수하기로 약속했다.

다음으로 나온 것은 아주 소중한 존재였다.

마치 친언니처럼 아네트와 에르나의 힘이 되어 준 사람. 늘 자애롭게 웃으며 몇 번이나 머리를 쓰다듬어 줬던 존재.

"도와줘…… 사라 언니……."

눈앞에 깃털이 살랑거리며 떨어졌다.

짙은 갈색의 크고 웅장한 깃털 하나.

정면에 있던 니케가 에르나와 아네트로부터 시선을 돌렸다.

그녀가 보는 방향을 돌아보았다.

깨진 창틀에 발을 걸치고서 한 소녀가 미소 짓고 있었다. 강당의 천장을 날고 있던 커다란 매가 그녀의 어깨에 앉았다.

"—오랜만임다. 에르나 선배, 아네트 선배."

몰라볼 만큼 키가 자라 있었다. 트레이드마크였던 모자는 벗어서 둥근 얼굴선이 드러나 있었다. 스승에게 물려받았는지, 비대칭 헤어스타일이 그럴싸하게 어울렸다. 예전에는 작은 동물처럼 느껴졌던 눈에도 이제는 나이에 걸맞은 강한 힘이 깃들어 있었다.

—『초원』 사라가 강당의 창문에서 웃고 있었다.

1년 넘게 지나 이루어진 재회에 자연스럽게 에르나의 뺨으로 눈물이 흘러내렸다.

막간 초원 III

밤이 되면 사라는 축사를 방문한다.

청소는 아침에 끝내므로, 이때 하는 일은 물과 먹이 보충 정도였다. 그래도 매일 오는 것은 단순히 애완동물과 교감하고 싶어서였다.

누구보다도 용감하여 마침내 『형안』이라는 코드 네임까지 얻은 매, 버나드.

살이 쪘지만, 열심히 할 때는 힘내서 날개를 퍼덕이는 바위비둘기, 에이든.

최근 성장하여 마침내 사라의 모자에 들어가지 않게 된 검은 개, 조니.

빈번히 증감하여 다른 소녀들은 다 기억하지 못하는 쥐들.

사라가 축사에 들어가면 그들은 어리광 부리듯 다가온다.

좋아해 주는 것에 고마워하며, 냉정하게 자신을 돌아보았다.

—예를 들어, 일반인이 가진 스파이의 평균적인 재능을 10이라고 하자.

—분명 사라의 재능은 50 전후일 터다.

물론 이건 후하게 어림잡은 수치였다.

자신은 믿을 수 없어도 모니카나 클라우스는 믿을 수 있었다. 그들에게 인정받은 자신을 의심하고 싶지는 않았다. 틀림없이 자신은 충분히 천재라고 할 수 있는 부류다.

　—하지만 하이디, 클라우스, 모니카의 재능은 10000을 넘는다.

　인정해야만 하는 압도적인 격차였다.

　"분명 저를 칭찬해 주는 사람들도—."

　축사에서 중얼거렸다.

　"—제가 보스를 뛰어넘는 실력자가 될 거라고는 아무도 생각하지 않겠죠……."

　어쩔 수 없다고 받아들여도, 분함과 허무함이 동시에 엄습했다.

　『등불』의 동료를 지키려면 어떻게 해야 할까. 언젠가 할 수 있는 일이 아니라, 지금 할 수 있는 일.

　그렇게 긴 한숨을 쉬었을 때, 뭔가가 배에 부딪혔다.

　"……버나드 씨?"

　제일가는 파트너인 매였다.

　사라의 배 정도 오는 위치에서 날개를 퍼덕거리고 있었다. 날개를 몸에 문지르듯 폴짝폴짝 뛰는 기묘한 행동을 보였다.

　이어서 비둘기와 개, 쥐들도 몸을 세게 부딪쳐 왔다.

　"왜들 그럼까? 간지럽슴다~. 조니 씨도, 에이든 씨도, 케빈 씨도, 콜린 씨도, 바이든 씨도."

　비둘기는 사라의 모자 위에 앉았고, 개는 배에 달라붙어서 꼬리를 흔들었고, 쥐들은 무리 지어 발 근처를 뛰어다녔다.

오늘은 전에 없이 격렬하게 어리광을 부리는 것 같았다.

간지러워서 작게 웃다가, 그들이 일정한 방향으로 사라를 밀고 있다는 것을 깨달았다.

애완동물들이 힘을 합쳐 열심히 사라를 출입구로 유도하고 있었다.

"……어딘가로 데려가려는 건가?"

그들의 기행에 사라는 고개를 갸웃했다.

달밤, 무수한 동물들과 한 소녀가 대열을 이루어 행진했다.

남들 눈에는 동화 같은 광경으로 보였겠지만, 다행히 다른 사람과 마주치지는 않았다.

앞장서서 날고 있는 매 버나드가 루트를 확인하고 있는 것 같았다. 검은 개 조니가 코를 움직여서 주위를 경계했다. 쥐들은 사라 주위에 몰려들어 「빨리빨리」 하고 재촉했다. 바위비둘기 에이든은 사라의 머리에 진좌한 채 움직이지 않았다.

사라가 애완동물을 이끄는 평소와는 반대였다. 이상한 느낌을 받으며 길을 나아갔다.

항구 도시의 중심에 가까운 곳에 있는 거점에서 산 쪽으로. 계속 가면 에마이 호수라는 관광 명소가 있지만, 걸어가기에는 너무 멀었다.

애완동물들은 건물이 적어지는 방향으로 사라를 밀었다.

어떤 장소에서 버나드가 땅에 앉았다.

—잡초가 우거진 공터였다.

예전에는 밭이었지만 아무도 이용하지 않아서 황량해졌을 것이다. 이곳에만 건물이 없이 널찍한 공간이 뻥 뚫려 있고, 풀이 무질서하게 자라 있었다.

"……초원."

물론 단순한 공터에 초원이라고 할 만한 공간은 펼쳐져 있지 않았다.

하지만 애완동물들이 무엇을 보여 주고 싶어 하는지는 자연스럽게 전해졌다.

사라만이 알 수 있는 본능 같은 것이 가르쳐 주고 있었다. 분명 버나드가 동료들을 이끌고 이 광경을 보여 준 것이다.

사라의 스파이로서의 시초. 『초원』이라는 코드 네임의 유래.

사라를 스파이로 스카우트한 남자가 말해 줬다.

망한 레스토랑에 갑자기 찾아온 단정한 생김새의 금발 남자는 『만약 올 거라면 내가 코드 네임을 정해 줄게』라면서 경쾌하게 손가락을 튕겼다.

『네?』

『양성 학교의 교관이 지어 주는 것보다 그게 낫잖아.』

아직 양성 학교에 가겠다고 정하지도 않았는데 멋대로 이야기를 진행했다.

그는 팔짱을 끼고서 「으음~」 하는 소리를 낸 후, 빈정거리듯이 웃었다.

『―「요원지화」.』

『네?』

『……아냐, 길다. 들판, 벌판, 으음~ 초원일까. 뭔가 잘 탈 것 같고.』

말 자체는 들은 적이 있었다.

【요원지화】― 들판에 붙은 불처럼 기세를 막을 수 없는 맹화.

본인을 스카우트라고 밝힌 이 남자가 왜 불과 관련 있는 말을 좋아하는지는 알 수 없었다. 남다른 애착이 있는지 「응응」 하고 납득한 듯 고개를 끄덕이고 있었다.

요원지화라는 말에 담긴 의미는 알 수 없었다.

『불을 활활 태우려면 초원이 좋지.』

『대체 뭐가…….』

『불꽃만 있어서는 번지지 않아. 생물을 숨기고, 키우고, 그리고 때로는 불과 함께 타올라 주는 존재가 있어야 해.』

그는 중얼거렸다.

『설령 그것이 이름 없는 잡초밭이더라도.』

스카우트 남성은 『언젠가 알 수 있을 거야』라고만 말하고서 떠났다. 그 이후로 사라가 그와 만난 적은 한 번도 없다. 그의 정체는 여전히 알 수 없었다.

    사라는 생각을 눈앞의 공터로 되돌렸다.

    웅크려 앉아, 조니가 장난치듯 물고 있는 풀 하나를 만졌다.

    범재를 비유할 때 흔히 쓰이는 표현인 「잡초」. 이 풀도 틀림없이 가혹한 생존 경쟁을 이겨 낸 엘리트지만, 인간이 보기에는 이름 없는 풀이다.

    스카우트의 말이 머릿속을 스쳤을 때. 무심코 자신을 겹쳐 보고 말았다.

    '양성 학교의 낙오자……. 나서지 않고, 자기 분수를 알고, 범재로서 포기했어…….'

    분수를 알라며 질책받고, 퇴학 직전이었던 양성 학교 시절.

    바닷가에서 수없이 울며 운명을 저주했었다.

    '하지만 그런 나를 발견하여 이끌어 준 사람들이 있어.'

    클라우스는 사라의 가능성을 인정하고 『등불』에 초대해 줬다.

    『등불』의 소녀들은 사라를 버리지 않고 대등한 동료로 대해 줬다.

    '……처음에는 그걸로 좋았어.'

    클라우스가 얼마나 응석을 받아 줬던가.

    자신만큼 좋은 동료를 얻은 사람은 이 세상에 없다— 그렇게 당당하게 말할 수 있었다.

    '출발선에도 서지 못한 미숙자였으니까. 추켜세우고 칭찬해 주지

않으면 첫발도 내디딜 수 없었으니까.'

하지만 지금은 마침내 첫발을 내디뎠다.

자신이 얼마나 복 받은 사람인지 자각할 수 있었다. 우수한 재능이 있다는 것도 자각했고, 그럼에도 닿지 않는 이상을 꿈꾸게 되었다.

그러므로 자신은—.

문득 한 가지 길이 보였을 때, 뒤에서 밝은 목소리가 날아들었다.

"사라 누님, 여기서 뭐 해요?"

돌아보니 우유병을 든 아네트가 웃고 있었다.

방금 목욕을 끝낸 것 같았다. 제대로 머리를 안 말렸는지 살짝 젖어 있는 것처럼 보였다. 파자마 차림으로 여기까지 걸어온 모양이었다.

"아네트 선배……."

머리가 다 마르지 않을 만큼 급하게 사라를 쫓아와 준 걸까.

아네트는 깔깔 웃고서 「최근에 사라 누님이 관심을 안 줘서 발신기를 붙였어요!」라며 태연하게 말했다.

쓴웃음을 짓고 있으니 아네트가 살며시 사라 쪽으로 체중을 실었다.

아직 샴푸 향이 나는 머리카락이 오른쪽 팔뚝에 눌렸다.

"나님, 더 못돼질 거예요. 주인이 확실하게 조교해 주지 않으면 곤란해요!"

"제가 아네트 선배의 주인이라는 얘기는 처음 들었습다."

"악해지는 나님을 사라 누님이 받아들여 줄 거라면—."

211

아네트는 작게 말했다.

"사라 누님도 좀 더 악해져도 괜찮지 않을까요?"

그 말을 듣고 놀란 토끼 눈을 하고 말았다.

조언—인 걸까. 예상치 못했던 아네트로부터.

뜻밖이었지만, 기분이 나쁘지는 않았다. 아네트의 말은 발상에 확신을 더해 줬다.

"신기한 우연이 다 있네요."

아네트의 머리를 쓰다듬었다.

"저도 똑같은 생각을 하고 있었어요."

생각지 못한 아네트의 보은.

아네트가 하나의 본보기였다. 자신과는 전혀 다른 삶을 사는 소녀. 분방하여 주위에 폐를 끼치는 것도 마다하지 않고 제멋대로 살아간다.

아네트가 「이히히」 하고 기뻐하며 손으로 입을 가렸다.

"무시하면 돼요! 클라우스 형님도, 모니카 누님도! 너무 천재인 인간은 결국 사라 누님을 이해할 수 없으니까요."

사라의 고민도 꿰뚫어 본 것 같았다. 동료에게 뭘 숨기는 일은 서툴기에 놀랍지 않았다.

악함— 그것이 사라에게 부족했던 소양이다.

악함에 관해 아네트만큼 뛰어난 스승은 존재하지 않았다.

"힘을 줄게요. 나님이 악해지는 누님을 지지할게요."

아네트는 빈 우유병을 주머니에 쑤셔 넣고, 대신 새로운 물건을 꺼냈다.

여러 개의 목줄처럼 보였다.

《비밀 무기》^{라스트코드}— 아네트가 각각의 동료를 위해 만든 특제 스파이 도구.

사라는 입술을 굳게 다물고 아네트에게서 목줄을 받았다.

"보스나 모니카 선배는 그릴 수 없는 최고의 저를 만들겠습다."

목표를 얻었을 때, 인간은 그 먼 거리에 좌절한다. 벽에 부딪혀 괴로워한다.

스파이로서의 이상을 손에 넣은 사라가 직면한 고난.

하지만 그것은 그녀가 새로운 자신을 손에 넣을 기회이기도 했다.

4장 초인과 범인

갑자기 강당에 나타난 사라를 보고 니케는 「방해꾼이 끼어들었군」이라고 말하며 불쾌한 듯 눈썹을 찌푸렸다. 크게 한숨을 쉬고서 못마땅해하는 눈길을 보내고 있었다.

다른 사람들은 상황을 전혀 이해하지 못한 것 같았다. 『창세군』의 공작원들은 침입자를 경계하며 권총을 들었고, 그 심상치 않은 반응을 본 『의용 기사단』의 멤버들은 곤혹스러워하며 겁먹은 듯 입을 벌리고 있었다.

니케가 「누구지?」라고 말하며 머리를 쓸어 올렸다.

무기를 건네받으려던 행동을 중단하고 사라에게 시선을 보냈다.

"지금 기분이 아주 좋거든? 인간폭탄 스플래터 참극을 볼 수 있다고 해서 말이야."

얼굴 옆으로 날아다니는 깃털이 귀찮다는 태도였다. 두려움은 없었다.

에르나의 가슴에 북받치던 감동이 차분하게 가라앉았다.

'사라 언니……'

달려와 준 것은 기쁘지만, 상대는 첩보 기관 『창세군』의 수장이다.

혼자서 대처할 수 있는 상황은 아니었다. 덧붙여 말하자면 이곳에는 니케가 엄선한 『창세군』의 공작원이 몇 명이나 있었다.

사라는 창틀에 발을 올린 채, 커다란 눈으로 니케를 지그시 바라보고 있었다.

누구냐는 질문을 받은 그녀는 확실하게 대답했다.

"당신이 지금 가장 찾고 있는 인물임다."

말뜻을 이해할 수 없었다.

에르나만 그런 게 아니었다. 모여 있는 『의용 기사단』은 한층 더 곤혹스러워했고, 『창세군』의 공작원들은 냉정하게 관찰하듯 시선을 보내고 있었다.

넉넉히 침묵한 후, 사라가 도발적으로 웃었다.

"그렇죠? 니케 씨."

"이해가 안 가는데."

니케는 전혀 모르겠다는 태도로 고개를 갸웃했다.

사라는 그 반응을 예상했던 것처럼 미소 지었다.

"얼핏 봐서 이해할 수 없는 건 당신도 마찬가짐다."

"음?"

"『의용 기사단』 따위 대단찮은 집단임다. 불법 행위를 반복하며 반정부 활동을 이어 가고 있지만, 국가의 위협이 될 정도는 아니죠."

사라의 목소리가 강당에 침투했다.

청중의 시선을 한 몸에 받은 순간, 그녀는 고했다.

"『창세군』의 수장— 라일라트 왕국을 지배하는 당신이 직접 나설 이유가 없어요."

그 말을 듣고 나서야 깨달았다.

사라의 등장이 너무 강렬한 충격을 준 탓에 생각도 못 했다. 라일라트 왕국에 수많은 스파이가 들어와 있는 것은 니케가 언급한 사실이다. 무수한 비밀 결사를 없애느라 애먹고 있다는 것도, 예전에 그녀의 부하인 『모모스』가 암시했었다.

이런 학생 중심의 비밀 결사 따위, 부하에게 맡기면 된다. 그저 구속할 거라면 니케가 올 필요가 없었다. 직접 만나고 싶다면 체포한 후에 그녀 앞으로 연행하면 되는 일이었다.

하지만 니케는 대학 강당에 굳이 찾아왔다.

왜? 그렇게나 『의용 기사단』을 경계했나?

"어이어이, 무슨 소릴 하는 거야?"

니케는 섭섭하다는 듯 어깨를 으쓱였다.

"그만큼 내가 이들을 높이 사고 있다는 증좌잖아."

"이렇게 쉽게 붕괴되는 무능한 집단을?"

사라는 잘라 버리듯이 일소에 부쳤다. 1년 전의 그녀는 보여 주지 않았던 냉담한 표정이었다.

『의용 기사단』의 멤버들이 멋쩍은 듯 입술을 깨물었다.

사라는 그런 그들을 보지도 않고 니케와 대치하고 있었다.

"당신에게는 다른 목적이 있었다— 그렇게 추측하는 게 타당함."

"적어도 수상한 녀석의 헛소리를 들어 줄 만큼 한가하진 않지."

니케는 귀찮다는 듯 손을 흔들었다.

다음 순간, 강당에 있던 『창세군』한 명이 달리기 시작했다. 그 남자는 경쾌하게 책상 위를 뛰어서, 강당의 창틀에 있는 사라를 향해 맹렬히 돌진했다.

움직임은 민첩했다. 상당히 훈련받은 스파이일 것이다.

사라가 사살당하는 광경을 상상하고 에르나는 비명을 지를 뻔했다.

"제가 혼자인 줄 아나요?"

사라는 동요하지 않았다.

육박하는 남성을 비웃듯 말하고서 「코드 네임『초원』— 뛰어다닐 시간임다」라며 단검을 뽑았다.

사라가 공격에 대비함과 동시에 다른 창문으로 날렵한 그림자가 뛰어 들어왔다.

협공당하게 된 남자는 신속히 대응했다. 단검을 들어 전방의 사라를 경계함과 동시에, 후방의 적을 권총으로 쏘려고 했다. 하지만 발사된 총알은 명중하지 않았다.

사라를 보조하듯 창문으로 들어온 것은— 하얀 고양이 한 마리였다.

"나이스 서포트임다, 오렐리아 씨."

총알을 피한 고양이는 남자의 얼굴에 발톱을 세웠다.

협공— 고양이와 동시에 사라가 단검의 손잡이로 남자의 뒤통수를 때렸다.

완벽히 계산된 솜씨였다. 인간이 왔다고 상대가 착각하게 만들고, 동물을 이용해 기습한다. 『조교』×『의인』— 사라의 특기인 속임수였다.

사라의 압승이었다. 적은 책상에 기대듯 자빠졌고, 사라는 그 남자의 입에 총구를 박아 넣었다.

"……너무 방심했어, 멍청이."

니케는 유감스럽다는 듯 눈을 가늘게 떴다.

에르나는 저도 모르게 빤히 보고 있었다.

'정말로 사라 언니……?'

그녀가 기억하는 소심하고 겁 많던 소녀와는 전혀 인상이 달랐다. 니케에게 당당히 큰소리치고, 속임수를 썼다지만 일류 스파이를 능가해 보였다.

"더 할 건가요?"

사라는 방아쇠에 손가락을 걸고서 위압했다. 오렐리아라고 불린 고양이는 남자의 머리 위에서 고상하게 위협하고 있었다.

이제는 사라가 적을 인질로 잡고 있었다.

"훈련받은 공작원 한 명을 버리면서까지 제 말을 부정하고 싶나요?"

"……"

니케는 침묵했다. 권태감을 드러내며 시시하다는 듯 표정을 굳히고 있었다.

사라가 만들어 낸 상황에 에르나는 감탄했다.

—니케는 사라와 대화를 나눌 수밖에 없다.

아무리 그녀가 부하의 목숨을 가볍게 여겨도, 공작원 한 명을 육성하는 데 드는 비용은 싸지 않을 터다. 필요하다면 간단히 버리겠지만, 상대는 그저 대화를 요구하고 있었다.

여기서 니케가 대화를 거절하면 사라의 말이 진실미를 띠게 된다.

니케가 직접 사라를 공격하더라도, 그 몇 초 동안 사라는 강당의 인간에게 말할 수 있다. 그녀의 언동은 그것이 『니케』의 약점이라고 암시하고 있었다.

"한 번 더 말할게요."

침묵하는 니케를 독려하듯 사라가 웃었다.

"저의 정체는— 당신이 지금 가장 찾고 있는 인물임다."

"곤란하네. 뭔가 오해하고 있는 미친 여자인가."

니케는 깊은 한숨을 쉬었다.

"뭐, 얘기해 봐. 너의 착각을 고쳐 줄 수 있을지도 몰라."

대화에 응하기로 한 것 같았다. 사라가 말도 안 되는 진실을 퍼뜨리게 두는 것보다는 직접 이야기를 나눠서 부정하는 게 낫다고 판단한 것이다.

사라의 유도를 따르면서도 니케는 여전히 여유로웠다. 「나와 대화할 수 있는 건 아주 명예로운 일이야」라고 말하며 의미 없이 타나토스의 얼굴을 때렸다.

"원래는 처맞는 것도 포상이지. 언어폭력 쪽을 더 좋아하려나?"

"저도 조교하는 쪽이 더 좋슴다."

사라는 전기 충격기를 꺼내 인질을 기절시켰다. 그리고 오른손의

엄지와 검지로 원을 만들어 입에 넣으려고 했다.

"비밀 무기 《고천원》^{라스트코드}— 날아오르는 세계임다."

높은 휘파람 소리가 강당에 울려 퍼지자, 별안간 무수한 동물이
사라 곁에 집합했다.

아까 강당 천장을 날았던 용감한 매. 토실토실 살찐 바위비둘기.
강아지라고 할 수 없을 만큼 커진 검은 개. 무리 지어 몰려드는 쥐
들. 그리고 그 쥐를 보며 눈을 빛내고 있는 하얀 털을 가진 고양이.

무수한 생물을 조종하는 소녀를 보고 『창세군』의 공작원들은 숨
을 삼켰다.

니케는 냉정하게 「그 목줄인가?」라고 중얼거렸다.

―사라가 거느린 모든 동물이 작고 검은 기계를 달고 있었다.

에르나는 그걸 본 적이 있었다.

"도청기임다."

자랑스럽다는 듯 사라가 옆에 있는 책상에 앉은 매의 목을 쓰다
듬었다.

"이 아이들을 이용하면 초고층 빌딩이든, 지하 공간이든, 아주
광범위하게 정보를 수집할 수 있어요. 그저 수상한 녀석일 뿐이라
고 얕보지 않는 게 좋아요."

아네트가 동료를 위해 만든 특제 스파이 도구 《비밀 무기》.

기계가 달린 이 많은 목줄이 사라에게 주어진 도구였다.

니케는 어이없어하며 고개를 가로저었다.

"말도 안 돼. 동물이 운반할 수 있는 크기의 무전기 같은 건 없어. 배터리는 어쩔 거지?"

"그라니에 해군 중장의 비밀 연구소— 당신도 알 텐데요?"

"무슨 소리야?"

"시치미 뗀다는 건 인정하는 것과 다름없어요. 거기서 개발된 발명품이에요."

예전에 『등불』은 바캉스 중에 마르뇨스섬에서 목격했다.

라일라트 왕국의 쿠데타를 꿈꾸며 몰래 실험하던 연구소가 있었다.

그 쿠데타는 이미 니케에 의해 무산됐고, 그라니에 중장은 단두대에서 처형당했지만, 연구는 아네트가 기억하고 있었다. 최첨단 과학 기술이 집결된 발명품들.

이어서 사라는 말했다.

"당신도 본 적이 있을 걸. 벨트람 탄광군의 파업 현장에 몇 개 떨어뜨리고 온 모양이니까요."

동물에게 채웠던 목줄이 어쩌다 보니 떨어졌을 것이다.

에르나는 한 가지 사실을 확신했다.

'역시 그건 사라 언니의 기계였어.'

구7채굴갱의 사람이 들어가지 않는 천장 부근에서 찾았던 바로 그 기계.

『창세군』은 못 보고 놓쳤을 것이다. 아네트가 쓰는 무선에 반응하도록 설계된 것이니 어쩔 수 없는 일이지만.

―사라도 벨트람 탄광군을 찾아갔었다.

그녀의 담당은 국왕 친위대 회유였다. 그들의 동향을 쫓다가 에르나처럼 탄광에 도달했을 것이다.

'다만―.'

사라가 의기양양하게 보여 주는 목줄을 보고 에르나의 마음에 암운이 드리웠다.

―《고천원》은 그런 만능 기계가 아니다.

니케가 말한 대로, 고성능·장시간·초소형·장거리 무전기는 지금의 과학 수준으로 실현할 수 없다. 《고천원》의 정체는 동물이 운반할 수 있을 만큼 작은 초소형 녹음기다. 그리고 자신의 위치를 알리는 전파를 보낼 수 있는 기능을 지녔다.

사라가 타이밍 좋게 달려올 수 있었던 것은 아네트가 배터리를 교체한 《고천원》에 정보를 담아 사라에게 돌려보냈기 때문이리라.

―사라는 허세를 부리고 있는 것에 불과하다.

그 진의를 헤아리고 에르나는 전율했다.

'니케가 거짓말로 『의용 기사단』을 지배한 것처럼, 사라 언니도 거짓말로 대항하고 있어.'

거짓 증언을 얻게 하여 가르가드 제국에 대한 증오를 부추기고, 한편으로 그들을 높이 평가하여 비밀 결사를 집어삼키려는 니케.

사라는 그것을 허세와 거짓말로 이기려 하고 있었다.

아주 어려운 길이었다. 가슴이 괴로워졌다.

니케가 준비한 거짓말보다도 더 매력적인 스토리를 만들어 내야 했다.

"—왜 『창세군』의 수장이 굳이 이 강당에 와 있는가?"

사라가 강당에 울리는 목소리로 호소했다.

"결론부터 말하죠. **벨트람 탄광군에서 일어난 파업에는 다른 진실이 숨어 있어요.** 그걸 『창세군』은 필사적으로 은폐하려고 해요. 폭발을 알아차린 기자를 구속하고, 도지사에게 보도를 부정하라고 시키고, 은폐 공작을 눈치챈 자가 가짜 진실에 뛰어들도록 노동자들 사이에 공작원을 심고. 마지막으로 니케가 직접 나서서 협박하며 세뇌한다."

너무 철저하다고요, 하고 사라는 비웃었다.

니케는 조롱하듯 웃었다.

"위세가 좋네. 국민이 안심하고 생활할 수 있도록 정부가 가르가드 제국의 공작 행위를 숨기는 게 그렇게 이상한 일인가?"

이어서 붙잡힌 『의용 기사단』 사람들을 보았다.

"결과만 보자면, 우수한 구성원이 소속된 비밀 결사를 찾아냈고, 그 속에 숨어 있던 가르가드 제국의 스파이를 색출할 수 있었어. 실로 훌륭하잖아."

니케의 말에 일부 학생이 기뻐하며 얼굴을 붉혔다.

이 나라의 정점에 군림하는 여성의 거짓말에는 역시 달콤한 울림이 있는 것 같았다.

"파업은 가르가드 제국의 스파이가 벌인 짓이 아니에요."

사라는 단호하게 부정했다.

"당신들은 아무도 그 근거를 제시하지 않고 있어요. 준비한 인간에게 『가르가드 제국의 스파이가 한 짓이다』라고 말하라고 시키고 있을 뿐."

"어이어이, 중요한 증인을 잊으면 안 되지."

니케가 목소리의 볼륨을 높였다.

"그래, 내 주장은 못 믿겠다는 거지? 클로에 양이 공작원이라고 주장할 거라면, 뭐, 멋대로 해. 하지만 질베르 군의 증언은 어쩔 거야?"

그는 옆에 어색하게 서 있는 질베르의 어깨를 두드렸다.

"『의용 기사단』의 간부였던 이 친구도 똑같은 말을 하고 있잖아."

"가족을 인질로 잡고서 협박하고 있겠죠. 가족을 많이 아끼는 사람이라고 멤버가 말했어요."

"하! 마음에 안 드는 말은 전부 허언인가? 그거야말로 뭘 근거로."

"─더러워진 날개 부조를 동료에게 보냈죠."

니케는 눈을 깜빡였다.

이윽고 아까 나왔던 대화를 떠올렸는지 「아아, 그거」라고 말했다.

"본인이 설명했잖아. 『우리가 틀렸다는 걸 전하고 싶었다』라고. 이 비밀 결사의 상징이라고 했나? 그걸 더럽혀서 반환하다니. 이별의 결의가 눈물 나는군."

"그렇다면 이렇게 알기 어려운 방법으로 전할 의미가 없어요."

"이 친구 마음이지. 공업 지대의 검열을 경계한 걸지도 몰라."

"애초에 더러워진 날개가 도착한 건 폭발 사고 전이에요. 파업에 참가하여 당신들에게 구속당하기 전에 보냈어요. 「우리가 틀렸다」라는 메시지는 부자연스러워요."

사라는 한 발짝도 물러서지 않고 계속 주장했다.

"『의용 기사단』 대표인 장 씨는 이 나라의 속담을 인용하는 버릇이 있어요. ─「제비 한 마리가 왔다고 해서 봄이 왔다고 할 수는 없다」도 그중 하나죠."

사라는 《고천원》을 손가락으로 집어 들었다.

아네트가 배터리를 교체한 녹음기로 대화를 담은 모양이었다.

"그 검게 더럽혀진 날개는 제비의 날개를 시사한 거예요."

니케의 표정이 처음으로 움직였다.

동요라고 하기에는 너무 섬세한, 감탄하는 듯한 눈썹의 움직임이었지만, 사라의 말에 처음으로 불쾌함 이상의 반응을 보였다. 니케는 파악하지 못했던 것이다. 질베르가 사전에 상징을 보냈다는 정보는 이 강당에서 알았으리라.

"그는 파업에 참가하기 직전에, 자신이 『창세군』에게 구속되어 그들이 시키는 대로 증언하게 될 가능성을 염려했어요."

사라는 확실하게 말했다.

"나 한 명의 증언만으로 판단하지 마라─ 그렇게 사전에 전한 거예요."

『의용 기사단』 멤버들 사이에서 침음이 흘러나왔다.

강당에 있는 사람들의 시선이 일제히 질베르에게 모였다. 니케도 그 진의를 확인하듯 엄격한 시선을 보냈다.

질베르는 겁먹은 듯 「아, 아니……」라고 말하며 고개를 숙였다.

"아무 말도 안 해도 된다."

사라가 먼저 말했다.

"협박당하고 있으니까요. 당신의 행동은 틀림없이 조직을 구했어요."

질베르는 어색하게 눈을 피했다.

좋은 유도였다. 지금 이 상황에서는 니케가 무서워 『창세군』을 감싸는 불쌍한 사람으로밖에 안 보였다. 감싸면 감쌀수록 니케에게 협박당하고 있는 것처럼 보인다.

"끝까지 증인을 신뢰할 수 없다고 주장하는 건가."

니케는 도발하듯 팔짱을 껴서 자신의 풍만한 가슴을 밀어 올렸다.

"그래? 그러니 파업을 뒤에서 조종한 건 제국의 스파이가 아니라고?"

"그렇습다."

"그렇구나. 하지만 그렇다고 해도 의문이 남아. 그 파업으로 군인과 노동자가 충돌한 건 사실이야. 평범한 노동자가 어떻게 군인이 움직일 만한 화기를 모을 수 있지?"

에르나도 실제로 숨어들어서 목격했다.

구7채굴갱에서 본 처참한 폭발흔과 탄흔, 낙반 사고의 흔적.

일시적으로 하늘이 빛으로 물들었고, 인근 주민까지 들었을 정도의 굉음이 울렸다. 아무리 국왕 친위대가 냉혹해도 무기가 없는 노동자에게 그 정도의 화기는 사용하지 않을 것이다. 소총만으로 제압할 수 있다.

"그 공업 지대에 들어가는 물건은 전부 검열될 터."

"맞습니다. 저도 숨어드느라 고생했어요."

"꼭 가르가드 제국의 스파이가 아니더라도, 뭔가 공작 기술을 가진 인간이 없다면 성립되지 않아. 이 나라를 위협하는 존재라고 추측하는 게 타당하잖아?"

"그 밖에도 있어요."

"뭐가 있지?"

"—지하 비밀 결사임. 이 나라에 무수히 존재하는 시민 공작원들."

사라는 한층 큰 목소리로 말했다.

"『의용 기사단』이 아닌 별개의 비밀 결사가 파업을 선동했어요."

이어서 소리 높여 고했다.

"—이 나라에는 여전히 혁명을 강렬하게 원하는 결사가 있어요."

에르나는 입술을 깨물고서 『의용 기사단』의 동료들에게 시선을 보냈다.

자신들을 구하러 달려온 소녀가 홀로 목숨을 걸고서 왕국의 첩보 기관의 수장과 논쟁을 벌이고 있었다. 물러서지 않고, 다른 진실을 제시하고 있었다.

이 열의와 각오가 조금이라도 그들에게 통했으면 했다.

이 소녀가 그들의 꺼지려는 불꽃을 다시 일으키려 한다는 사실을 눈치채 줬으면 했다.

"—읏."

입술을 깨물었다.

그들은— 당혹스러워할 뿐이었다.

모처럼 사라가 증언을 무너뜨렸는데, 눈에 빛은 없었고, 당황한 듯 사라와 니케를 바라볼 뿐이었다. 장조차 그랬다.

사라가 이끈 진실은 그들을 발분시키기엔 너무 약했다.

"지루하군."

니케가 시시하다는 듯 어깨를 떨궜다.

"이 나라에 다른 비밀 결사가 있다고? 명백하지."

"……"

"그게『굳이 첩보 기관의 수장이 직접 움직이고』『굳이 보도를 규제하고』『굳이 귀찮은 수고를 들여서 함정을 깔』 정도의 진상이란 건가?"

"대화를 중단시킬 만큼 당황—."

"그 화법은 질렸어. 결국 너는 새로운 진실을 제시하지 못하고 있어."

한 번 더 말하지, 하고 니케는 손가락을 세웠다.

"확실히 이 나라에는 수많은 비밀 결사가 있어. 하지만 그 모두가 가르가드 제국의 스파이에게 조종당하고, 선동당하여, 국민끼리 증오하도록 짜인 프로파간다야.『반정부』라는 명목으로 나라 곳곳에서 불법 행위가 자행되며 국민의 안녕을 위협하고 있어."

사람을 매료하는 자태와 매력적인 굳센 목소리.

사라는 결코 습득할 수 없는 것을 이용하여 학생들에게 영향을 미쳤다.

"내가 고심하는 게 그렇게 이상한가? 이들을 얕보는 것도 작작해! 전도유망한 젊은이들을 가르가드 제국의 세뇌로부터 구해 내기 위해서라면 얼마든지 시간을 할애하겠어!!"

이어서 나온 것은 애정이 듬뿍 담긴 자장가 같은 음성이었다.

"나와 이 친구들이 화해할 수 있는 멋진 밤에 찬물을 끼얹지 마."

목소리의 강약을 달리하여 순식간에 『의용 기사단』을 포로로 만들어 나갔다.

니케의 거짓말은 너무나도 매력적이었다.

거짓이란 것을 알아도 매달리고 싶어졌다. 목숨이 보장되고, 자존심을 채워 준다. 생활은 다소 힘들어도, 영웅이 칭찬해 주니까 참을 수 있다.

그렇기에 국민은 국왕의 노예로 전락한다.

가르가드 제국에 대한 증오로 지켜진 거짓이 니케의 힘을 공고히 한다.

"아까 이 회분홍 머리 소녀에게 말을 걸었지? 너의 동료지?"

니케는 아네트를 가리키고서 경멸하듯 말했다.

"동료에게 폭탄을 쥐여 주는 악당이 무슨 설득을 하겠다는 거지? 웃기는군."

"……"

이제 사라 따위 안중에도 없는 것처럼 말했다.

순식간에 니케가 분위기를 장악해 나갔다. 당혹스러운 반응을 보이던 『의용 기사단』의 멤버들도 지금은 고분고분한 자세를 보이고 있었다.

니케는 무력을 쓰지 않고도 공간을 제압하는 힘을 가지고 있었다.

티아처럼 마음을 읽을 필요도 없이, 간단히 대중의 마음을 빼앗았다.

"지금부터 너를 구속하겠어. 뭐라고 하든, 아무도 귀를 기울이지 않을 거다."

승패는 결정됐다는 것처럼 니케는 사라에게 다가갔다.

당황하지 않았다.

사라가 무슨 말을 하든 부정할 수 있다는 여유가 보였다. 인질 따위 고려할 가치도 없다는 위압감이 느껴졌다.

동작 하나하나가 사라와의 격차를 과시하는 것 같았다.

"검게 더럽혀진 날개 부조는 이중 의미임다."

사라가 말을 꺼냈다.

다가오는 니케에게 겁먹은 기색도 없이, 그녀도 당당히 노려보았다.

"두 가지 이상의 의미를 담았기에 알기 어려워졌어요. 부조의 소재는 구리. 묻어 있던 검댕 같은 가루. —구리와 검은 가루, 뭔가 연상되지 않습까?"

사라는 도망치지 않았고, 총을 들지도 않았다.

말만을 무기로 삼고서, 한층 강한 목소리로 외쳤다.

"맨 처음 나왔던 신문 기사는 『엄청난 굉음이 울리고, 강한 빛이 하늘을 밝혔다』라고 보도했어요. 어떻게 된 걸까요? **폭파흔이 남아 있던 건 지하의 갱도 안이었는데.**"

니케의 걸음이 아주 조금 빨라진 것 같았다.

그래도 사라는 당황하지 않았다.

"맞슴다. 하늘을 물들이는, 화약과 금속의 불꽃색 반응— 폭죽임다. 아아, 그러고 보니 현 국왕인 클레망 3세는 불꽃놀이를 좋아한다죠? 전 국왕의 선거 결과가 부진하여 2년 전에 즉위한 새로운 국왕. 대관식 밤에는 거리 전체에서 불꽃이 올라왔어요."

사라는 말을 자아냈다.

"하지만 이상하네요. 며칠 전에 있었던 즉위 2주년 축제 때— **불꽃은 한 발도 올라오지 않았어요.** 어라? 이상함다. 국왕은 역시 불꽃놀이를 좋아하지 않는 걸까요?"

초인인 니케에게 혼자서 정면으로 말했다.

"생각을 고쳐야겠죠. 국왕은 불꽃놀이를 좋아하지 않아요. 그저

『새 국왕이 즉위한 날』에 불꽃이 올라왔을 뿐. 그리고 『파업이 일어난 날에 불꽃이 올라왔다』. —이건 우연일까요? 아뇨, 두 가지를 연결하는 것이 현장에 남아 있었죠?"

설령 니케보다 훨씬 말솜씨가 부족해도, 필사적으로 논리를 펼쳐 나갔다.

"파업 현장에 남아 있던 슬로건— 『**왕은 바꿀 수 있다**』."

점과 점을 이은 순간, 한 가지 도식이 떠올랐다.

언젠가 이 참상을 누군가가 조사했을 때, 채굴갱이 어두워 『창세군』이 못 보고 지우지 못한 메시지가 발견될지도 모른다. 그런 기도가 담긴 강렬한 글자.

니케의 어깨가 살짝 떨렸다.

마치 사라의 입을 당장 막고 싶지만, 그러면 진실을 인정하는 꼴이라서 갈등하듯이.

"마지막으로— 이 나라에는 『LWS 극단』이라는 전설의 비밀 결사가 있었다더군요."

사라도 땀을 흘리면서 계속 말했다.

"다만 기묘하게도 뭘 했는지 아무도 몰라요. **정보 통제가 이루어지고 있어요**. 이 나라에서 그게 가능한 건 『창세군』뿐이에요. 필사적으로 그들의 역사를 없앴겠죠. 관계자인 것 같은 사람을 전부 없앴어요. **지금 당신이 하고 있는 것처럼**."

이건 과연 사라가 만들어 낸 거짓말일까?

하지만 너무 매력적인 거짓말이었다.

"화려한 것을 좋아하여 『극단』이라는 이름을 쓴 비밀 결사— 맞아요, 불꽃은 그들의 상징이에요."

사라는 확실하게 선언했다.

"비밀 결사 『LWS 극단』^{라비스}은 2년 전에 국왕을 바꾸고 지금도 존속하고 있어요."

니케가 발을 멈췄다.

확실한 충격을 동반하고 있었다. 『의용 기사단』 멤버들이 눈을 크게 뜨고 있었다. 『창세군』의 공작원들조차 작게 침음을 흘렸다. 그들에게도 충격적인 사실인 걸까.

"『창세군』의 공작원들도 몰랐던 거군요."

의기양양하게 사라가 웃었다.

"진짜로 국가 기밀이었던 검다. 선왕이 비밀 결사에게 굴복하여 국왕 자리에서 물러났다니. 『왕은 바꿀 수 있다』. 이건 슬로건이 아니라 사실. 실제 역사인 거예요."

"망언이야."

니케가 말했지만, 목소리에서는 어딘가 초조함이 느껴졌다.

"그렇게 부정하고 싶은 거군요? 비밀 결사가 국가의 근간을 흔들었다는 진실은 당신과 왕정부의 패배 그 자체니까! 당신은 그걸 숨기고 『LWS 극단』의 관계자를 모두 말살해야 해. 그래서 벨트람 탄 광군에 함정을 깔았어. 불꽃과 결사의 연결을 알아차리고 진실에 접근하는 자를 붙잡기 위해!"

"말도 안 되는 억지 주장으로—."

"그렇다면 당신이 여기 있는 이유를 대 봐! 더 논리적인 이유를!"

"……윽."

처음으로 니케가 말문이 막혔다.

그게 바로 그녀의 약점임을 이해했다.

니케는 이 나라의 정점이다. 어떤 현역 스파이보다도 우수하며, 국민으로부터 인기도 높고, 무력과 통솔력도 뛰어난, 문자 그대로 퍼펙트 스파이. 대신할 자는 없다.

그렇기에 그녀의 모든 행동이— 어떤 의미를 상상하게 한다.

"굴복하지 마라! 왕정부가 만들어 낸 망언에 현혹되지 마라!!"

사라는 강당에 있는 사람들에게 호소했다.

"국왕은 왕좌에서 끌어내릴 수 있다! 우리의 손으로!! 지금도 결 사의 각오로 이 나라를 바꾸고 있는 사람이 있다! 절망에 잠기지 마라!! 진정한 적을 떠올려라!!"

그 연설은 확실히 니케와 비교하면 어설펐다.

하지만 사라가 만든 진실과 영혼이 담긴 말은 『의용 기사단』 멤버 들의 고개를 들게 하기 충분했다.

"계속 저항해라. —우리는 혁명을 이뤄 낼 때까지 굴복하지 않는 다!!"

사라는 오른손을 높이 들고 힘 있게 단언했다.

"─『LWS 극단』 **현 대표**. 『초원』 사라가 당신들을 해방합니다."

승패를 가르는 결정적인 한마디였다.

어떤 의미에서 사라의 정체야말로 청중의 최대 의문이었다. 갑자기 달려와서 니케에게 큰소리치는 소녀는 누구인가. 의문이 커진 타이밍에 밝혀졌다.

─그 전설의 비밀 결사가 지금도 여전히 존속하고 있다.

─그 대표가 자신들을 구하기 위해 달려와서 니케와 대치하고 있다.

너무나도 극적이고 운명적이었다.

마치 대중 영화 같은 전개에 『의용 기사단』의 모두가 마음을 빼앗겼다. 절망의 밑바닥에 있는 활동가들을 구해 내기에는 충분한 위력이었다.

니케와 사라, 어느 쪽의 말이 매력적인지는 뻔한 일이었다.

마음이 흔들릴 때도 있지만, 그들은 줄곧 반정부 활동을 벌여 온 자들이니까.

니케의 판단이 더 빨랐다.

사라가 단언한 말이 환희로 바뀌기 전에, 팔을 휘둘러 부하에게 지시를 내렸다. 깔끔하게 패배를 인정했다. 자신의 실수를 받아들이고, 부끄럽게 여기고, 즉시 방침을 전환했다.

원래부터 니케에게 『의용 기사단』을 농락하는 것은 첫 번째 플랜에 불과했다.

실패하면 다음 플랜으로 주저 없이 넘어간다.

두 번째 플랜이야말로 필승의 책략— 폭력에 의한 제압이었다.

니케가 부하에게 지시를 내린 순간, 사라도 반응했다.

강당에 있는 『의용 기사단』 멤버들에게 말했다.

"도망치세요! 여긴 제가 대처하겠어요!"

그 말에 반응한 동료 몇 명이 일어나려고 했지만, 강당 내의 『창세군』이 그들의 움직임을 제지했다. 총알을 그들의 발치에 쏴서 행동을 봉인했다.

니케의 부하는 둘로 나뉘었다. 강당 내의 활동가들이 도망치지 못하도록 감시하는 측과, 사라를 즉시 구속하려 드는 측으로. 사라를 붙잡으려 드는 사람 중에는 아까 탁월한 기량을 보였던 『아이온』과 『키르케』도 있었다.

한편 사라는 침착했다. 즉시 연막탄을 던졌다.

아까 에르나가 사용했던 것과 같은 아네트 특제 연막은 강당을 하얀 연기로 뒤덮었다.

그것에 호응하듯 아네트가 외쳤다.

"지금부터 10초 후에 통신기 폭탄을 기동시키겠어요! 통신기를 버리는 건 안 돼요."

옛 동료들을 협박하는 차가운 말이었다.

"—리모컨의 무선이 닿지 않는 거리까지 도망치면 살 수 있어요."

단순한 으름장이 아니라는 것은 그녀의 행동거지가 보여 주고 있었다.

『의용 기사단』의 멤버들은 사방으로 흩어져 일제히 도망치기 시작했다.

『창세군』 사람은 대응이 늦어졌다. 원래부터 인원수는 활동가들이 더 많았다. 무엇보다 그들은 각각이 구속 대상이면서 동시에 폭탄이었다. 섣불리 붙잡으려고 하면 폭발에 휘말릴 수도 있었다. 권총을 사용하면 연막 때문에 아군을 쏠 우려가 있었다.

"뿔뿔이 도망쳐!!"

에르나도 열심히 도주를 재촉했다.

아까처럼 『의용 기사단』의 동료끼리 서로의 발목을 잡는 일은 없었다. 다들 사라의 말에 용기를 얻은 상태였다.

폭죽을 터뜨려 혼란을 퍼뜨리는 아네트의 손을 잡고 뛰기 시작했다.

모두 도망치는 건 힘들어도, 그런대로 많은 수가 달아날 수 있을지도 모른다.

"—놓칠 것 같아?"

하지만 몸의 열기를 송두리째 빼앗는 살기가 엄습했다.

생각할 필요도 없었다. —니케다.

마침내 그녀가 직접 움직이기 시작한 것 같았다. 연막 속에서 일직선으로 달려 에르나를 붙잡으려고 했다. 길고 낭창낭창한 팔이 에르나의 목을 향해 똑바로 뻗어 나왔다.

전혀 반응할 수 없었다.

그걸 막은 것은 인간이 아닌 자들— 검은 개와 하얀 고양이였다. 사라의 애완동물인 조니와 새로운 애완동물인 오렐리아가 동시에 니케의 팔에 발톱을 세우려고 했다.

니케는 수월하게 그것을 피하고 돌려차기로 개와 고양이를 동시에 날려 버렸다.

불쾌함을 감추지 않고 그녀는 중얼거렸다.

"축생 따위가."

"무례한 말을 하심다!"

연막 속에서 튀어나온 총구에서 즉시 총알이 발사되었다.

머리로 날아온 총알을 니케는 목을 돌려서 종이 한 장 차이로 피했다. 그리고 총을 든 소녀— 사라를 노려보았다.

"……그 짧은 시간에 어떻게 내 부하를?"

"당신의 상대는 저임다!"

사라는 에르나와 아네트를 감싸듯 막아섰다. 먼저 가라며 에르나를 향해 웃는 얼굴로 손을 흔들고 다시 니케와 마주했다.

자신감 넘치는 표정이었다. 뭔가 계획이 있는 것 같았다.

에르나는 작게 「이따 합류해」라고 전하고서 강당 밖으로 뛰쳐나갔다. 아네트의 손을 잡은 채, 사라가 만들어 준 기회를 잡으려고 했다.

『창세군』의 추격자가 적게 느껴졌다. 사라가 이미 쓰러뜨렸을 것이다. 그게 아니라면 그 연막을 뚫고 에르나 곁에 올 수 있었을 리가 없다.

'사라 언니, 정말로 믿음직스러워졌어……'

그녀의 극적인 성장에 가슴이 뛰었다.

연약해 보였던 사라가 니케와 맞설 수 있는 실력을 갖추다니.

에르나도 아네트와 연계하여, 스쳐 지나가면서 니케의 부하 한 명을 기절시켰다. 다행히 그는 다른 곳에 정신에 팔린 상태였기에 기습할 수 있었다. 수월하게 쓰러뜨릴 수 있었다.

강당의 창문으로 뛰쳐나가 이번에야말로 니케의 마수에서 도망쳤다.

'이따 사라 언니랑 합류하면 꽉 안아 줄 거야.'

따뜻한 미래를 머릿속에 그렸다.

곤경 속이어도 가슴은 희망에 차 있었다. 그 정도로 극적인 재회였다.

생각을 공유하고 싶어서, 손을 잡고 있는 파트너를 보았다.

아네트의 눈은 얼어붙어 있었다.

"——."

"—아네트?"

열심히 발을 움직이며, 도주는 착실하게 성공에 가까워졌다.

하지만 아네트의 얼굴에는 미소가 없었다. 마치 감정이 없는 인형 같은 얼굴이었다.

"……사라 누님이 이길 수 있을 리가 없잖아요!"

그 건조한 표정과는 대조적으로, 목소리에는 강한 비애가 담겨
있었다.

"누님 같은 범인이, 니케 같은 초인에게……!"

몸속 깊은 곳에서 불안이 솟구쳤다.

안 된다고 느끼면서도 돌아보았다.

뒤에는 지옥 같은 전장으로 변한 강당이 있었다. 에르나가 뛰쳐
나온 강당의 창문으로 마침 새로운 인물이 튀어나왔다.

―피투성이인 사라가 튕겨 날아가고 있었다.

그래도 그녀는 바로 일어났다. 다가오는 니케로부터 에르나와 아
네트를 지키듯이.

사라에게는 모든 것이 슬로 모션처럼 보였다.

흡사 주마등 같았다.

니케와 일대일로 마주했을 때, 그녀의 뒤에서 한 남자가 나타났
다. 패기 없는 남자는 『타나토스』라고 불렸을 터다. 그는 니케 옆에
무릎을 꿇고, 니케에게 장대한 무기를 헌상했다. 망치. 2미터가 넘

는 긴 손잡이 끝에 둔중한 해머가 달려 있었다.

사전에 듣긴 했지만, 직접 보기 전까지 믿을 수 없었던 무기.

이게 바로 니케가 라일라트 왕국 최강의 스파이라고 칭해지는 이유였다.

—『거광』기드에 필적하는 세계 최고봉의 무력.

빈틈은 없었다. 대중의 마음을 사로잡는 미모와 연설력, 적을 함정에 빠뜨리는 공작 기술이 다가 아니었다. 최종 수단으로서 반칙 같은 폭력으로 모든 것을 뒤집는다.

봐주고 있었다.

니케는 아마 10분의 1도 제 실력을 발휘하지 않고 사라에게 달려들었다.

전혀 반응할 수 없었고, 정신 차리고 보니 강당 밖으로 날아가 있었다. 맞은 왼팔이 부서져 있었다. 왼쪽 어깨도 탈골됐는지 움직일 수 없었다. 튕겨 날아가면서 유리 파편에 등을 베였는지 피가 흐르는 느낌이 들었다.

똑같은 인간이란 생각이 안 들었다.

사라는 휘청거리는 다리에 힘을 줘서 일어나 눈앞의 적을 응시했다.

"너 말이야, 전혀 대단치 않은 스파이지?"

니케는 망치를 어깨에 얹으며 잡담이라도 하듯이 미소 지었다.

"그 아이들이 도망치자마자 갑자기 다리가 후들거리기 시작했잖아. 방심한 내 부하를 혼자서 동물로 제압한 건 훌륭했지만, 다른 건 전부 속임수가 있는 것 같아."

그 말을 듣고 쓴웃음을 짓고 말았다.

사라로서는 열심히 한 것이었지만, 니케에게는 전혀 당해 낼 수 없었던 모양이다.

"실력일지도 모름다. 너무함다."

최소한 니케의 관심을 끌어서 이곳에 최대한 붙잡아 두고 싶었다. 그렇게 바라며 천천히 말을 꺼냈다.

니케는 손에 든 망치로 자신의 어깨를 툭툭 두드렸다.

"너는 『의용 기사단』의 내부 정보를 자세히 알고 있었어. 너의 존재는 보고받지 못했는데 말이지. 그 《고천원》이란 것의 힘이지? 내예상으로는 몇 분간 녹음할 수 있는 장치야."

"……."

"즉, 재능 있는 동료가 있다면 그들의 발상이나 아이디어를 직접이용할 수 있는 거지."

니케는 비웃듯이 말했다.

"―네 힘의 정체는 그저 남의 힘을 빌리는 거야."

이미 전부 간파당한 것 같았다.

《고천원》의 녹음 기능을 사용하면 멀리 있는 동료와 정보를 주고받을 수 있다. 아까 강당에서 『의용 기사단』 멤버들에게 말했던 추리는 전부 그레테의 아이디어였다. 대중을 유도하는 테크닉은 티아에게, 적을 한 명 쓰러뜨리는 아이디어는 모니카에게, 직전에 지도받았다.

연막 속에서 『창세군』의 방첩 공작원 몇 명을 쓰러뜨린 것도 속임수가 있었다.

간파당한 것을 인정한 순간, 몸에서 힘이 빠졌다.

"……맞습다. 저는 평범한 범재임다."

"그렇겠지."

"하지만 천재였다면 당신을 쓰러뜨리려고 했을지도 몰라요."

그랬다면 분명 참패했을 것이다.

그리고 사라가 패배했다면 에르나와 아네트를 도주시킬 수 없었다.

"—그 아이들을 지켜 낼 수 있었다면, 제가 범재라서 다행이라고 생각해요."

니케의 눈썹이 살짝 움직였다.

나는 이런 말도 할 수 있구나, 하고 의외라고 여기고, 분명 선배들 덕분이야, 하고 미소 지으며, 자신의 머리가 깨질 거라는 사실을 받아들였다.

당장에라도 도와주러 가고 싶다, 라는 충동을 아네트는 허락해 주지 않았다.

움켜쥔 손에 힘을 주고서 앞으로 앞으로 팔을 잡아당겼다.

머리로는 알았다. 지금 돌아가도 니케를 타도할 수 있을 리가 없다. 사라가 만든 희망을 미래로 연결해야 했다. 되돌아가면 아네트까지 위험해진다.

그래도 운명을 한탄하지 않을 수 없었다.

"사라 언니……."

그녀는 이 결말을 각오하고 있었다.

실력을 발휘한 니케에게서 도망칠 방법은 없다. 가능했다면 혁명이라는 우회 수법을 쓰지 않았다.

—전부 에르나 잘못이었다.

『의용 기사단』과 접촉하지 않았다면 니케에게 찍히지 않았을 것이다. 탄광에서 더 신중하게 움직였다면『창세군』이 이 대학 거점을 알아내지 못했을 것이다. 에르나가 다른 선택을 했다면 전부 피할 수 있었을지도 모른다.

앞으로 달려가면서도 돌아보고 말았다.

멀리 보이는 사라는 이미 패배해 있었다. 머리에서 피를 흘리며 쓰러져 있었다. 정원의 동상 옆에 누워 있었다. 멀리서 봐도 알 수 있을 만큼 피의 양이 엄청났다.

니케는 재미없다는 듯 망치를 들고서 사라를 내려다보고 있었다.

"싫어……. 마침내 재회했는데…… 이런 건……."

눈에 눈물이 맺히기 시작했다.

피 웅덩이에 엎어진 사라는 이제 움직이지도 않았다.

"우리를 구해 주고…… 이렇게, 또……."

다시 발이 느려지자 아네트가 세게 잡아당겼다.

더는 아무 생각도 할 수 없었다.

대학 건물의 모퉁이를 돌아 강당에서 멀어졌다. 『의용 기사단』이 유도하는 샛길을 지나 지하로 도망쳤다. 퀴퀴한 하수도를 아네트가 준비한 손전등으로 비추며 빠져나가, 『의용 기사단』이 협력을 얻어 낸 대학 밖의 교회로 나갔다.

이대로 밤길을 뛰어가면 『창세군』에게서 도망칠 수 있을 터다.

강당에서 달아난 간부는 4분의 1 정도. 십여 명. 개중에는 장도 있었다. 사라가 달려와 주지 않았다면 전부 잡아먹혔을 테니, 충분히 많은 숫자였다.

교회 밖으로 나가자 매 한 마리가 날아오는 것이 보였다.

"……버나드……."

사라의 제일가는 파트너였다. 『형안』이라는 코드 네임을 받은 용감한 매.

이 친구만큼은 대학에서 도망쳐 온 듯했다. 에르나 앞에 내려앉았다. 그는 기계가 달린 목줄을 매고 있었다. 라스트코드 《고천원》이었다.

아네트가 몸을 숙여서 만지자 기계에서 목소리가 나왔다.

《들리나요? 에르나 선배, 아네트 선배.》

"─웃."

흘러나온 것은 사라의 목소리였다.

저도 모르게 버나드의 몸을 들어 얼굴 앞까지 올렸다.

《지금 니콜라 대학 옆에서 이걸 녹음하고 있습다. 많이 컸네요. 둘 다. 하고 싶은 얘기는 아주 많지만, 건전지 용량도 있으니 짧게 할게요.》

미리 녹음한 것 같았다.

역시 그녀는 이 결말을 각오하고 있었다— 그 사실에 숨이 막혔다.

사과하고 싶다고 바랐을 때, 온화한 음성이 들렸다.

《너무 부담 갖지 마세요.》

1년 전과 다름없는, 상냥함으로 가득한 목소리.

《에르나 선배는 이렇게 생각하고 있지 않나요? 『우리는 따로따로 움직이고 있으니까 실패해선 안 된다』라고.》

"......!"

전달된 말에 정신이 퍼뜩 들었다.

녹음기에서 사라가 작게 웃는 소리가 들렸다.

《그렇지 않을까, 하고 걱정하고 있어요. 의욕이 앞서서 아네트 선배를 제어하고 싶어 하고…… 그래서 아네트 선배도 반발해서 혼자 폭주해 버리고…….》

마치 본 것처럼 말했다.

맞는 것 같으면서 맞지 않았던 에르나와 아네트의 관계성을.

《틀렸어요. 떨어져 있어도 우리는 이어져 있어요. 두 사람이 실패

하면 동료가 보조할 거예요.》

사라의 목소리는 항상 에르나의 마음속의 부드러운 부분을 건드린다.

《—둘이서 협력하여 혁명을 이뤄 내는 거예요.》

녹음은 거기서 끝났다.

기계가 정지함과 동시에 눈시울이 뜨거워졌다.

그녀가 말한 대로, 에르나와 사라는 이어져 있었다. 설령 떨어져 있어도, 혁명이라는 목적을 위해 움직이고 있었다. 동료가 위기에 처하면 달려올 수 있다.

—자신은 혼자가 아니었다.

그런 당연한 사실을 에르나는 1년간 놓치고 있었다. 조바심에 아네트의 의견을 제대로 듣지 않고 니케의 함정에 빠졌다.

사라의 말은 상냥하며 따뜻하게 에르나의 잘못을 타일러 줬다.

소리 내어 울기 시작하는 에르나 곁으로 『의용 기사단』의 멤버들이 불안해하며 달려왔다. 「어서 도망쳐야 해」라며 재촉했다.

단 한 명, 장만이 뭔가 눈치챈 듯 매의 목줄을 바라보고 있었다.

"방금 그 목소리…… 아까 그 갈색 머리 소녀의……?"

그는 당황한 얼굴로 에르나 옆에 웅크려 앉았다.

"이, 이봐, 정말 믿어도 돼? 정말로 『LWS 극단』은 존속하고—."

"쫑알쫑알 시끄러워!"

에르나는 「……예?」하고 눈을 동그랗게 뜨는 장의 멱살을 잡았다.
전혀 도움이 되지 않았던 남자를 향해 거칠게 언성을 높였다.
"어찌 되든 좋아! 사라 언니가 보여 준 건 다른 거야……!"
목이 터져라 소리를 질렀다.

"—설령 당해 낼 수 없어도! 한 줌의 용기가 있다면 니케에게도
맞설 수 있어!!"

사라의 늠름한 자태는 틀림없이 그들의 마음에 새겨져 있을 터다.
홀로 『창세군』에 맞서는 용감한 그녀를 강당의 모두가 목격했을
터다.
그게 바로 혁명의 큰 힘이 된다— 그렇게 에르나는 믿어 의심치
않았다.
"얼른 『의용 기사단』의 모든 협력자에게 연락해서 활동의 증거를
파기하라고 해!"
그저 하염없이 호통쳤다.
"서두르지 않으면 붙잡힌 사람이 정보를 누설할 거야! 아직 조직
은 지킬 수 있어! 사라 언니가 목숨 걸고 지켜 낸 성과를 헛되이
만들지 마!"
어안이 벙벙한 모습으로 눈을 끔뻑이는 장을 보니 강한 분노가
솟구쳤다.
이 남자가 좀 더 우수했다면 더 잘 처신할 수 있었을 터다. 클로

에를 탄광에서 데려온 잘못은 에르나에게 있지만, 클로에가 유도한 대로 비밀 결사의 간부들을 소집한 것은 논할 가치도 없는 멍청한 짓이었다.

답답한 마음에 에르나는 버럭 소리를 질렀다.

"대표 자리를 내놔! 너한테는 못 맡기겠어!"

처음부터 그랬어야 했다.

무슨 힘을 써서라도 에르나가 지배했어야 했다. 그 각오가 부족했었다.

이날 밤 이후로 『의용 기사단』은 활동을 크게 축소한다.

간부들 대부분은 『창세군』에게 구속당했고, 달아난 간부들은 협력자의 도움을 받아 새로운 곳에 거점을 만들어 지하에서 꾸준히 활동하는 데 전념했다. 형식상의 대표는 장이었지만, 실제로는 에르나의 지시로 움직이는 『등불』의 하부 조직 같은 존재가 되었다. 특히 간부들은 사라를 신망하는 굳건한 충성심을 가지고 있었다.

사라가 이루어 낸 공적은 위대했으나, 대가는 컸다.

―『초원』 사라, 구속.

언니처럼 따랐던 동료를 잃고 에르나는 가슴이 꿰뚫리는 아픔을 느꼈다. 붙잡힌 스파이의 말로는 알고 있었다. 고문당한 후 처형.

『등불』 사상 최대의 적인 니케와의 첫 싸움은 패배로 막을 내렸다.

철저한 참패였다.

"아아……."

에르나의 입에서는 그저 통곡의 한탄이 흘러나왔다.

"아아아아아아아아아아아아아아아아아아아아아아아아아!!"

울부짖어도 현재 상황은 전혀 달라지지 않는다.

혁명을 이룰 때까지 『등불』의 임무는 끝나지 않는다.

막간 초원IV

"지금의 너는 어떤 마음으로 훈련에 임하고 있지?"

클라우스는 사라의 심정 변화를 간단히 간파했다.

딱히 숨기지는 않았지만, 역시 대단하다는 말밖에 안 나왔다.

식사 당번인 날이었다. 주방에 서 있는데 그가 왔다. 같은 당번인 릴리는 디저트를 사러 나가서 사라가 혼자 있던 타이밍이었다.

줄곧 기대해 준 상대에게 말하려니 마음이 아팠다.

"포기했어요. 일류 스파이가 되는 것을."

"……무슨 말이지?"

의아해하는 목소리였다.

그 반응이 괴롭지 않다고 하면 거짓말이지만, 선택한 결과에 후회는 없었다.

"제가 말하기도 뭐하지만, 『등불』의 멤버들은 칠칠맞지 못한 면이 많슴다."

"……그렇지."

"그래서 저는 장점을 키우기보다도 동료의 단점을 보완하는 스파이가 되기로 했어요. 그게 분명 모두를 지키는 길이라고 생각하니까."

파라미터가 돌출된 천재가 아니라, 못난 구석이 없는 범재가 된다.

그것이 사라가 찾은 결론이었다. 덤벙거리는 일이 많은 릴리, 체력이 불안한 그레테, 대인 능력이 부족한 에르나 등, 『등불』의 소녀들은 명확한 약점이 있었다.

사라의 목표는— 동료의 부족한 부분을 채울 수 있는 존재.

강적과 맞서 싸울 수 없어도 좋다. 어차피 못 한다. 그런 적은 다른 동료가 타도해 준다. 일류의 재능을 가진 동료들이.

—이 세상에서 자신만큼 좋은 동료들을 얻은 자는 없다.

그렇기에 사라는 그녀들을 믿기로 했다.

"멋있지 않아도, 화려하지 않아도, 동료를 지킬 수 있는 이류. 그게 목표임다."

일단은 격투 기술과 말솜씨를 키우고 싶었다. 에르나와 아네트가 어려워하는 분야였다. 일류에는 도달하지 못하더라도 그녀들보다 뛰어난 수준이 된다면 분명 두 사람을 지킬 수 있을 터다.

당분간의 예정을 말했다. 저도 모르게 웃음이 흘러나왔다.

"그건 긍정적인 선택인가?"

클라우스의 표정은 딱딱했다.

역시 완전히 납득하지는 못하는 것 같았다.

"나는 그러라고 하이디 누나의 음악을 들려준 게 아니야. 좌절시키고, 분수를 알게 해서, 타협시키고 싶었던 게 아니야. 나는 너의 재능을 높이 평가하고 있어."

클라우스 수준의 스파이가 그렇게 말해 주니 너무 감사했다.

그와 모니카는 줄곧 사라를 격려하고, 재능을 인정하고, 힘껏 성장시켜 줬다. 너는 천재라고 태도로 보여 줬다. 지금의 사라가 있는 것은 틀림없이 그들 덕분이다.

그래도 부정해야 했다. **그들의 격려가 사라를 옭아매는 저주가 되기 전에.**

악하게 살겠다. 누군가의 이상을 등지더라도, 제멋대로 살겠다.

스승으로부터의 독립— 그것이 사라가 마침내 도달한 경지였다.

"저한테는 이류 스파이도 너무 높은 목표임다."

사라는 마음을 올곧게 토로했다.

"애초에 제 희망은 언젠가 은퇴하는 거니까요."

이런 위험한 직업은 빨리 그만두고 싶었다. 원래부터 좀 더 느긋하게 살고 싶어 하는 성격이었다. 성공 보수로 돈을 많이 저축하고, 외국에서 견문을 넓히고, 언젠가 동료와 함께 은퇴하겠다.

그러니 빛나지 않아도 된다.

자신이 중심이지 않아도 된다. **동료의 목숨을 지킬 수 있다면 얼마든지 진흙을 뒤집어쓰겠다.**

요원지화— 동료의 불꽃을 큰불로 바꿀 수 있는 초원으로 살고 싶다.

『화톳불』이라는 코드 네임을 받은 그의 밑에서 마침내 자기 자신을 받아들일 수 있었다. 동료의 불꽃을 멈추지 못할 만큼 크게 키우고 자신은 다 타서 사라지면 된다.

클라우스는 눈을 살짝 크게 떴다.

"정말로……."

"음?"

"아니, 나는 분명 진정한 의미에서 너를 지도하지 못한 거겠지. 꿈을 가지지 못한 상황도, 꿈과 현실의 메꿀 수 없는 차이도, 전부 너 자신이 해결했어."

전에 없이 말문이 막혔다.

이윽고 그는 분한 듯이 고개를 가로저었다.

"이상해. 그런데도 지금, 자랑스러워서 가슴이 벅차올라."

사라의 얼굴이 달아오르며 뜨거워졌다.

그 말만으로도 보답받은 기분이 들었다.

은퇴하더라도 『등불』에서 보낸 나날은 헛되지 않을 것이다.

선택할 수밖에 없었던 삶과 스스로 거머쥔 삶은 전혀 다르다. 스파이라는 삶과 저울질하여 다다른 미래는 대체할 수 없는 가치를 지닌다.

하지 않으려고 했던 말조차 자연스럽게 흘러나왔다.

"실은 최근에…… 꿈이 하나 더 생겼어요."

"뭐지?"

그때 오븐이 경쾌한 소리를 냈다. 굽고 있던 요리가 완성된 것이다.

사라는 장갑을 끼고 오븐을 열었다. 열기와 함께 치즈가 구워진 향긋한 냄새가 감돌았다.

"은퇴해서 레스토랑을 열게 되면—."

사라는 오븐에서 그라탱을 떠내 클라우스에게 보여 줬다. 그에게 배운 레시피를 나름대로 어레인지한 요리였다.

"—보스를 최고의 팬으로 만들 겁다."

클라우스에게 많은 것을 받았다.

이제부터는 자신이 그에게 주고 싶었다.

"보스가 매일 먹으러 오고 싶어지는 가게. 평생 쭉~ 다니는 가게. 그걸 만드는 것이 저의 소중한 꿈이에요……."

머릿속에 그린 반짝이는 미래는 뇌리에서 사라지지 않았다. 『등불』의 동료들에게 둘러싸여 가게를 열고, 그곳에 클라우스가 매일 다닌다.

처음에는 클라우스와 함께 일하는 나날을 몽상했지만, 그것보다도 그에게 요리를 대접하는 것이 더 매력적으로 느껴졌다.

이 이상을 이루기 위해서라면 목숨을 걸고서라도 싸울 수 있다.

클라우스는 무슨 소리를 하는 거냐는 얼굴로 말했다.

"나는 이미 너의 팬이야. 지금 이 순간부터."

말버릇인 「극상이야」라는 말을 그는 쓰지 않았다.

그 이상의 감정이 솟아오른 걸지도 모른다. 그런 상상이 떠올랐을 때, 사라는 진심으로 기뻐서 눈물을 흘릴 뻔했다.

에필로그 합류

"그 두 사람은 놓치고 말았나. 곤란하게 됐군."

니콜라 대학의 안뜰에서 니케는 어깨를 으쓱였다.

뿔뿔이 흩어져 도망친 『의용 기사단』의 간부들은 차례차례 구속되고 있었다. 이번에는 수갑을 채웠다. 처음 잡았을 때는 그들과 우호적인 관계를 구축하기 구속구를 쓰지 않았지만, 역효과를 낸 것 같았다.

갈색 머리 소녀가 나타나서 전부 망쳤다.

니케는 동상 옆에 기절해 있는 갈색 머리 소녀를 내려다보았다. 사라라고 했던가.

부하인 『타나토스』가 니케에게서 망치를 받았다.

"……니케 님…… 이 갈색 머리 여자는 대체……."

"글쎄, 정체가 뭘까. 스스로 머리를 부딪쳐서 기절해 버렸어."

정보를 지키기 위함이리라.

아무리 니케가 대단해도 의식을 잃은 자를 고문하지는 못한다. 자해하여 기절하다니, 웬만한 배짱 없이는 할 수 없는 행동이었다. 저지할 틈조차 주지 않았다.

어쨌든 타나토스에게 응급 처치를 명했다. 아직 이 소녀가 죽으면 곤란하다.

지혈시키면서 다시금 소녀를 관찰했다. 얼굴에 앳된 구석이 남아 있었다.

"어떻게 생각해? 타나토스."

"예?"

"가끔은 네 의견을 들어 보려고."

"예……? 맙소사, 니케 님에게……."

타나토스는 주저하는 기색을 보였지만, 이윽고 말하기 시작했다.

"……『LWS 극단』의 대표, 라는 얘기는 거짓말이겠죠. 이딴 학생들을 위해 대표가 직접 나서는 위험을 감수할 리가 없어요. ……가르가드 제국의 스파이, 라고 하기에는 방식이 달라요. 녀석들은 좀 더 조잡하고 잔인한 방법을 쓰죠. ……일단 그 금발은 딘 공화국의 유학생이라는 신분이었지만…… 위장일 가능성도 있으니 뭐라고 하기가…… 끄엑!"

도중에 그의 옆구리를 걷어찼다.

"명백한 사실까지 말하지 마. 내가 알고 싶은 건 그 너머야."

응급 처치는 마친 것 같았다.

이제 언제 깨어날지는 소녀의 기력에 달렸을 것이다.

"이 갈색 머리 소녀와 그 동료가 혁명을 일으키려는 궁극적인 목적 말이야."

"궁극적인 목적?"

타나토스는 배를 부여잡고서 억눌린 목소리로 말했다.

"『LWS 극단』과 똑같은 목적―《효암 계획》이지 않을까 싶어서 말이야."

그 성가신 비밀 결사도 혁명을 한 가지 수단으로 인식했었다.

이전에 싸웠던 남자들의 모습을 떠올리고 입술을 핥았다.

"……지금 《효암 계획》을 노리는 자……."

타나토스도 마침내 그 생각에 도달한 것 같았다.

"……『뱀』…… 역시 그 녀석들이……."

"아니, 꼭 그 녀석들이라고 할 수는 없어. 어쩌면 바로 그―."

말이 도중에 끊긴 것은 입에서 웃음이 흘러나왔기 때문이다.

체온이 올라갔다. 하복부가 뜨거워졌다.

"……흥분하신 겁니까?"

"나잇값도 못 하고 자궁이 떨리는군."

니케는 눈을 크게 뜨며 웃었다.

"누구든 계획에는 털끝도 못 건드리게 하겠어. **―나의 끝없는 첫
사랑을 위해.**"

타나토스가 흥분한 듯 뜨거운 숨을 내쉬었다.

"……아아…… 정말로 니케 님은 그분을―."

니케는 타나토스의 얼굴을 때렸다.

왠지 불쾌했다. 그가 벌을 받아서가 아니라 이상한 망상을 해서
발정하는 것은 마음에 안 들었다.

기절한 타나토스를 밟아 주고 있으니 다른 부하도 차례차례 돌

아왔다. 역시 금발과 회분홍 머리 소녀는 놓친 것 같았다. 『의용 기사단』의 학생들은 별로 중요하지도 않지만, 그 두 사람은 경계가 필요한 대상이었다.

다시 모인 『창세군』의 부하들은 니케의 말을 기다리고 있었다.

그들에게는 『LWS 극단』의 진상을 알리지 않았었다. 하지만 이제 와서 둘러댈 수는 없었다. 그런 게 통할 만큼 우둔한 녀석들을 부하로 두진 않았다.

니케는 모여 있는 열다섯 명의 부하 중에서 두 인물에게 시선을 보냈다.

이번 임무에서 한층 빛나는 활약을 보인 남녀. 해군에서 스카우트한 인재.

"『아이온』, 『키르케』. 부탁 좀 할 수 있을까?"

『백귀』 지비아는 10구의 브라스리에서 막막해하고 있었다.

파트너인 『초원』 사라와 연락이 되지 않았다. 전 세계에 있는 왕국의 군사 기지와 국왕 친위대의 거점을 돌며 혁명의 협력자를 찾다가 벨트람 탄광군에 친위대가 모이고 있다는 사실을 알게 되었다. 노동자와 싸움이 있었다는 소문도 들었다.

그 탄광군은 정말로 스파이나 비밀 결사를 모으는 함정이었을 것이다.

지비아와 사라도 간단히 낚여서 벨트람 탄광군으로 향했다. 함정에 빠지지 않고 정보를 모을 수 있었던 것은 사라의 《고천원》 덕분이었다. 녹음기를 단 쥐들을 곳곳에 있는 친위대의 사무소에 잠입시켰다. 녹음기를 어딘가에 자주 떨어뜨렸고, 귀중한 녹음을 입수하는 확률은 좋게 봐도 1%도 안 됐지만, 횟수를 거듭하면 성과를 올릴 수 있었다.

그러나 도중에 사라가 단독 행동을 시작했다.

사라와 지비아가 탄광을 떠난 직후, 에르나와 아네트도 탄광을 찾아온 것 같았다. 아네트가 떨어져 있던 《고천원》을 사용하여 비밀 결사의 정보를 전달했다. 사라는 두 사람이 위험하다고 판단하여, 다른 곳에서 활동 중인 그레테와 상담하고 두 사람 곁으로 달려갔다.

아무래도 니케에게 구속당한 것 같았다.

'뭐…… 에르나와 아네트를 지키기 위한 일이라고 하면 못 막지.'

지비아는 크게 한숨을 쉬고 웃었다.

'이로써 구속당한 건 **두 명**인가……. 조금씩 힘들어지네…….'

어쨌든 계산을 마치고 일어났다.

라일라트 왕국에서는 16세부터 음주가 가능했다. 이미 19세가 된 지비아는 당당히 술집을 드나들고 있었다. 야단맞는 일은 없었다. 하얀 머리를 길게 기르고, 2년 전보다도 한층 정한해진 얼굴은 어른의 품격이 감돌았다.

소녀다운 둥근 선을 잃은 대신, 육상 선수처럼 날카롭고 단단하며 유연한 근육이 붙어 있었다. 탄탄한 다리를 움직여 출입구로 향했다.

돈을 카운터에 탁 내려놓고 크게 어깨를 돌렸다.

"—슬슬 합류해야겠어."

사라가 구속당한 밤, 지비아가 묵는 곳에 검은 개 한 마리가 찾아왔다.

사라의 애완동물인 조니는 다소 다쳤지만 눈에는 사명감이 있었다. 강아지에서 성장했다는 게 느껴졌다.

조니를 따라 니콜라 대학 근처로 가서 무수한 쥐들과 하얀 고양이를 회수하고, 다시 그를 따라 교외의 아파르트먼트로 향했다.

그곳에 성장한 『등불』의 동료가 잠복해 있었다.

"오랜만이야. 에르나, 아네트."

"지비아 언니……."

문을 연 에르나는 순식간에 눈에 눈물이 맺혔다. 실내에 들어선 지비아에게 달라붙어 어깨를 떨었다.

"에르나 때문에……."

오열하며 말했다.

"……에르나 때문에…… 사라 언니가……."

"네 잘못이 아니야. 전부 사라가 스스로 결단한 거야."

지비아는 에르나를 끌어안고 등을 토닥여 줬다.

에르나는 지비아의 품속에서 고개를 가로저었다.

"하지만 조만간 사라 언니는—."

말하기도 꺼려졌을 것이다.

붙잡힌 활동가나 스파이는 총살형이다. 혹은 이 나라가 발명한 인도적 처형 기구 단두대에서 목이 잘린다. 이중 스파이로 살려 줄 가능성은 한없이 낮다.

실내 안쪽에서는 아네트가 무표정하게 기계를 만지고 있었다. 진지한 얼굴이었다. 지비아가 왔다는 것을 눈치채지 못한 것 같았다. 손을 움직이지 않으면 진정이 안 되는 것처럼.

에르나는 니콜라 대학의 강당에서 일어난 모든 일을 가르쳐 줬다. 『의용 기사단』이라는 비밀 결사와 접촉하고, 탄광에서 일하고, 그리고 니케에게 습격당하고, 사라가 지켜 준 것.

지비아는 일단 에르나의 몸을 떼어 냈다.

"사라는 마지막에 너희에게 무슨 말을 남겼어?"

에르나는 코를 훌쩍였다.

"아네트랑…… 둘이서…… 협력해서 혁명을 이뤄 내라고 했어."

"역시 보호자답네."

사라다운 조언이라 미소가 지어졌다.

"우울해할 여유는 없어."

지비아는 에르나의 어깨를 두드렸다.

"어차피 혁명을 성공시키면 무효야. 무효."

"어?"

"『창세군』도 귀중한 정보원을 간단히 죽이지 않겠지. 사라는 생포됐어. 처형당하기 전에 왕정부를 장악해 버리면 붙잡힌 스파이는 모두 해방할 수 있어."

법률을 통째로 바꾸는 힘을 가진 것이 혁명이다. 혁명으로 활동가나 범죄자가 석방된 사례는 쉽게 찾아볼 수 있다.

에르나는 고개를 가로저었다.

"하지만 어쩌면 좋을지—."

"—『LWS 극단』은 실재해."

그것은 사라가 벨트람 탄광군에서 얻은 기밀 정보였다.

그 파업은 그 비밀 결사가 뒤에서 조종했을 가능성이 농후했다.

「뭐……?」라고 말하며 에르나는 눈을 동그랗게 떴다.

반응을 보아하니 그녀는 전부 허풍이라고 생각했던 걸지도 모른다.

"물론 사라가 현 대표라는 건 거짓말이야. 하지만 전부 거짓말인건 아니야."

그러므로 희망은 있다.

일찍이 왕을 퇴위시키고, 무수한 비밀 결사에 영향을 주고 있는 전설의 조직. 그것은 지금도 여전히 활동을 계속하고 있다.

질베르가 검게 더러워진 날개에 담은 이중 의미도 진실일 것이다.

—『불꽃』을 상징으로 쓰는, 라일라트 왕국 최강의 비밀 결사.

에르나의 투지를 다시 한번 불러일으키듯 지비아는 웃었다.

"사라는 증명해 줬어. 『창세군』은 『LWS 극단』을 완전히 찾아내지 못했어. 그리고 니케가 경계할 정도의 이유가 이 비밀 결사에 있어."

니케가 직접 움직였다는 사실은 이 결사의 중요성을 증명했다. 그들이 활동했던 탄광에 함정을 깔고, 찾아온 자를 전부 구속할 정도의 경계심.

무시할 수 없었다. 혁명의 원동력이 될 것이다.

"하는 거야. ―『창세군』보다 먼저 『LWS 극단』을 찾아낸다."

사라의 분전은 향후 방침을 보여 줬다.

―요원지화.

사라가 지켜 낸 등불을 큰불로 바꾼다.

초원에 붙은 불은, 초목을 모조리 태우고, 누구도 막을 수 없다.

NEXT MISSION

◆◆◆ 쌍둥이의 이야기 II ◆◆◆

『등불』이 라일라트 왕국에서 활동하기 **3년 전**, 이 땅에서 어떤 쌍둥이가 암약하고 있었다.

딘 공화국 스파이팀 『화염』의 멤버.

형 『매연』 루카스. 그리고 동생 『작골』 빌레.

권모술수를 부리는 쌍둥이는 『등불』과 똑같은 목적으로 움직이고 있었다. 라일라트 왕국 중추에서 생겨난 《효암 계획》의 전모를 파악하는 것. 이 계획이 『화염』을 붕괴시킬지도 모른다는 예감을 느끼고서 쌍둥이는 공작을 시작했다.

—최대한 수고를 들이지 않고 《효암 계획》에 도달하여 무너뜨린다.

주로 귀족들을 함정에 빠뜨려서 정보를 긁어모았다.

사전 준비를 마친 그들은 본격적으로 이 나라를 전복시키고자 했다.

피르카 6구에 있는 작은 집.

큰비가 내려 쌀쌀한 날, 쌍둥이는 장작을 넣은 난로 앞에서 한 소녀에게 강의하고 있었다.

"이 세계에는 『종막의 스파이』라고 불리는 일곱 명이 있어. ―『홍로』, 『니케』, 『삼족오』, 『카게다네』, 『귀곡』, 『거광』, 『저주술사』. 이 사람들은 세계 대전을 종결시킨 공로자로 여겨지고 있어."

주로 말하는 사람은 형인 『매연』 루카스였다.

형제는 아주 똑같이 생겼지만, 태도에 미묘한 차이가 있었다.

소년 같은 천진난만함이 담긴 눈으로 잘 웃는 청년이 형. 그리고 온화한 미소를 지으면서도 눈동자 안쪽에 깊은 사려를 담고 있는 청년이 동생이었다.

루카스는 과장된 말투로 소녀에게 강의하고 있었다.

"『홍로』와 『거광』은 우리 식구야. 나중에 가르쳐 줄게. 『삼족오』는 무자이아 합중국의 첩보 기관 『JJJ』_{트리플 잭} 소속의 형씨. 우리 또래인데 여기에 이름을 올리고 있는 걸출한 인물이지. 쇼타콤이지만. 『카게다네』는 뷰마루 왕국 『커스』의 인육 마니아 아저씨. 취미와 달리 나쁜 사람은 아니야. 『귀곡』은…… 만나 본 적 없어. 각국의 첩보 기관을 떠돌아다니는 여행자야. 대전 당시에는 무자이아 합중국 소속이었던가? 『저주술사』는 펜드 연방의 『CIM』 소속 남자. 장신구를 몸에 주렁주렁 달고 있어. 기발해서 보면 알 수 있을 거야."

도중에 만년필로 노트를 탁탁 두드렸다.

거론한 일곱 명의 특징을 한 명씩 말하고서 마지막으로 한층 크게 노트를 두드렸다.

"그리고— 그중에서 가장 위험한 게 『니케』야."

"믿고 싶지 않은 사실이지만."

그 강의를 들은 소녀는 싫다는 듯 눈을 가늘게 떴다.

소녀의 이름은 수지. 똑똑해 보이는 금발 소녀였다.

쌍둥이가 활동 중에 알게 된 소녀였다.

고아원에서 악덕 귀족에게 팔려 노리개가 될 뻔했던 것을 루카스가 구했다. 그 후 고아원에 돌려보낼 수 없어서 활동의 협력자로 고용했다.

지금은 계획을 실현하기 위한 최소한의 지식을 수지에게 알려 주고 있었다. 그녀도 늘 사회에 핍박받아서 이 나라를 원망하는 부분이 있는 것 같았다.

"딱히 변태라는 의미로 위험하다고 한 건 아니야."

도중에 동생 빌레가 쓴웃음을 지었다.

"빈틈이 없다는 거지. 알기 쉬운 약점이 없어."

"조금 안심이 되는 것 같아. 우리나라를 대표하는 사람이잖아."

"좋은 얘기도 아닌데."

"물론— 우리나라의 왕과 수상이 뭔가 나쁜 짓을 꾸미고 있고, 그 전모를 알고 싶지만, 니케가 방해해서 손댈 수 없다— 그런 뜻인 거지?!"

설명을 들은 수지는 고개를 끄덕였다.

처음 거둬졌을 때는 어색한지 얌전했지만, 며칠 지나며 긴장이 풀리자 당돌한 태도를 보이게 되었다. 이것이 본연의 모습일 것이다. 고개를 주억거리며 열심히 쌍둥이의 강의에 귀를 기울이고 있었다.

"우리 공주님은 이해가 빨라."

루카스가 칭찬하자 수지는 자랑스러운 듯 가슴을 쭉 폈다.

빌레도 「공주님, 다과 먹으면서 쉬세요」라며 스콘을 건넸다.

모처럼 얻은 협력자인 그녀를 쌍둥이는 최대한 대접하고 있었다. 처음에는 전략적인 행동이었지만, 이제는 수지의 기분이 노골적으로 좋아지는 게 보인다는 것도 이유가 되었다.

"선생님들, 질문이요!"

스콘 부스러기를 입가에 묻히고서 수지가 손을 들었다.

"니케를 쫓아내려면 혁명이 유효한 거지?"

"응."

"하지만 어떻게 혁명을 이룰 거야? 그건 무리잖아? 왕과 부자들, 그리고 니케가 방해할 테니까."

"『민중』『국왕 친위대』『귀족』. 이 세 요소를 아군으로 만든다."

루카스가 대답했다.

"그게 가장 이상적인 수법이야. 민중을 선동해서 집회와 행진을 시작하고, 국왕 친위대에게 진압되지 않도록 손을 쓰고, 귀족 등의 권력자와 교섭해서 새로운 정권을 만드는 거지."

"시민 혁명이구나!"

"하지만 그런 귀찮은 절차는 안 밟을 거야."

루카스가 말하자, 흥분해 있던 수지는 「어라?」 하고 고개를 갸웃했다.

빌레가 부연 설명을 했다. 사정이 있어서 두 사람은 느긋하게 시간을 들이고 있을 수 없었다. 이 나라에 봉사할 의무는 없고, 다소 혼란을 일으켜서라도 빠르게 니케를 무력화하고 싶었다.

수지가 토라진 얼굴로 「그럼 어쩔 건데?」라고 말했다.

"초장부터 나라의 중추를 박살 낼 거야. —목표는 대의원 의회야."

루카스가 수상쩍게 입매를 비틀었다.

대의원 의회— 즉, 국회의 하원이다.

상원인 귀족원과 달리, 의원은 선거로 뽑힌다.

권력은 전부 국왕에게 집중되어 있지만, 의회에 힘이 없지는 않았다. 입법 제출권은 국왕에게만 있으나, 대의원 의원은 법안을 심의하고 수정을 요청할 수 있는 권리를 지녔다.

관습상 국왕도 그들의 존재를 완전히 무시할 수는 없었다.

"현재 대의원의 정당별 세력, 그리고 특징은 다음과 같아."

빌레가 노트에 글자를 적었다.

【왕당파: 국왕의 정치를 지지하는 보수 세력. 귀족과 교회 관계자가 중심. 의석수 185.

순리파: 입헌 왕정의 철저한 시행을 추구하는 중립 보수. 몰락

귀족, 자본가가 중심. 의석수 170.

　자유파: 민주주의에 의한 통치를 바라는 개혁파. 변호사, 법학자
가 중심. 의석수 75.】

이어서 빌레가 「세력도는 이러해」라고 말하며 추가로 써넣었다.

【왕당파·순리파 355석 VS 자유파 75석】

　왕당파와 순리파는 사상의 자잘한 차이는 있어도 기본적인 생각
은 일치했다. 발본적인 개혁은 바라지 않고, 국왕에 의한 통치를
지지했다.

　그에 의문을 드러내는, 국민의 대변자인 자유파는 너무나도 입장
이 약했다.

　숫자를 바라본 수지가 벌레 씹은 듯한 표정을 지었다.

　"뭐랄까…… 역시 희망이 없네. 이 나라…….''

　"제국주의 시절에는 어떤 의미에서 좋았지."

　빌레가 해설했다.

　"적어도 국내는 윤택했어. 하지만 침략이 한계점에 도달하여 제
국끼리 싸우기 시작한 순간, 경기는 무너졌어. 대전으로 인해 국토
는 황무지로 변하고, 병사로 강제 징용당한 식민지에서는 파업 운
동이 발발. 귀족들도 자신의 부를 지키기에 급급해."

　침략당한 나라는 참기 힘든 일이지만 말이지, 하고 루카스는 웃

었다.

아무튼 세계 대전 이후로 라일라트 왕국은 곤경에 처했다. 연합국에서 가장 많은 사망자가 나왔고, 국내 경제는 어려워졌다. 대전 때 식민지의 국민을 병사로 동원하여 저항 운동도 발발. 무수한 귀족이 몰락했다.

가르가드 제국의 공업 지대를 점령한 것도 국내 경제를 조금이라도 향상시키기 위해서였다.

하지만 그 피해를 떠안는 것은 대부분 국민이었다.

"국가의 중추— 내각을 구성하는 건 물론 왕당파의 의원들이야."

빌레가 노트를 툭 두드렸다.

"자, 그럼 이 왕당파를 쓰러뜨리려면 어떻게 해야 할까?"

수지는 입가에 손을 올리고서 고민한 후, 번쩍 손을 들었다.

"자유파를 응원한다!"

"오답입니다, 공주님."

"아으."

"뭐, 틀린 건 아니지만, 그렇게 해서 정부를 바꿀 수 있다면 고생 안 하지."

어깨를 떨구며 낙담하는 수지를 보고 루카스가 웃었다. 자유분방한 수지를 쌍둥이가 따뜻하게 지도하는 것이 최근 그들의 일상이었다.

빌레가 든 노트를 루카스가 손가락으로 튕겼다.

"정답은— 「왕당파를 마구 응원한다」야."

왕당파를 쓰러뜨리기 위해 왕당파를 응원한다.

일견 모순처럼 느껴지는 답에 수지는 「하아」 하고 고개를 갸웃했다.

두 달간 그들은 왕당파를 위해 뛰어다녔다.

선언한 대로 대의원 의회를 목표로 삼고 철저히 왕당파를 보조했다.

국왕이 제출한 증세 법안에 쓴소리를 한 순리파 의원의 신변을 조사하여 약점을 잡고 협박. 혹은 알게 된 정보를 왕당파에게 흘렸다. 무자이아 합중국으로부터 거액의 뇌물을 받고 있던 순리파 의원은 곧장 태도를 고치고 왕당파의 빈정거림에 입을 다물었다.

때로는 순리파 의원이 타국의 미인계에 넘어간 사실을 입수하여 왕당파를 거스르지 말라고 협박했다. 관료와 내통하여 담배 판매소 독점권을 얻은 의원을 함정에 빠뜨렸다.

무수한 공작을 벌이는 동안, 수지에게 하는 강의는 계속되었다.

"뭐, 원래부터 우리가 해 온 일이야."

루카스는 신문 기자에게 보낼 고발문을 쓰며 말했다.

"지금까지 몰락 귀족이나 자본가— 순리파 의원과 선거인을 함정에 빠뜨려 왔어. 너랑 만난 것도 와토 후작이란 몰락 귀족을 끝장냈을 때였던가?"

그때 그는 어떤 귀족이 경영하는 불법 카지노에서 일했었다.

빌레도 작업을 계속하며 동의했다. 그는 순리파 의원을 모시는 비서에게 연서를 쓰고 있었다. 자못 마음이 담겨 있는 것 같은 사랑의 말이 적혀 있었다.

"정말로 이 나라의 상류 계급은 지독하구나. 살인이든 강간이든 전부 덮어 버리고……. 스캔들이 끊이질 않아."

두 사람이 준비한 대량의 봉투를 봉하며 수지가 고개를 기울였다.

"어떻게 약점을 아는 거야?"

"본 순간 대충 감이 와."

"머리로 이해하려고 하지 마. 내 동생은 정상이 아니니까."

접대는 그들의 일상이었다.

권력자로서 포섭한 경찰이나 재판관 등과 거의 매일 밤 밀담을 나누며 대의원 의원의 소문이나 약점을 모았다. 돈이 없어지면 때로는 외국까지 나가서 불법 카지노로 화려하게 벌었다. 두세 개의 회합을 마치고 고주망태가 된 두 사람에게 물을 건네는 것은 수지의 일이었다.

그러는 동안에도 강의는 이루어졌다.

"……어라? 약점을 잡아도 무마되잖아?"

"맞아……. 아, 물 고마워…… 공주님……."

"무마된다면 의미가 없지 않아?"

"똑같은 상류 계급에게 정보를 파는 거야……. 순리파 의원의 약점을 왕당파 의원에게……."

"아, 그런가. 원래부터 사법 기관에는 왕당파가 많으니까……!"

"체포당하지는 않지만, 왕당파를 거스를 수 없게 돼. 왕당파는 영향력을 얻고, 국왕이 점점 법안을 통과시키기 쉬워져……. 술 독하다…….”

협력자를 늘리는 것에도 여념이 없었다.

잠복하기 십상인 반정부 사상의 인간보다도 왕당파 지지자는 공공연하게 활동할 수 있었다. 관료와도 접촉하여, 국왕이 제출하고 싶어 하는 법안과 그에 반대할 시민 단체를 알아내 미리 공작할 수 있었다.

점점 늘어나는 협력자와의 자잘한 연락 수단으로는 매수한 회사의 우편함을 이용했다. 수지가 우편함에서 가져다주는 문서를 쌍둥이는 아지트에서 조사했다.

“뭔가 이 나라를 더 나쁘게 만들고 있는 것 같아. 마음이 복잡해…….”

“부정할 수 없지.”

“솔직히 이 나라를 구할 의무도 없으니까.”

“뭐? 너무해. 아, 왕국에서 살 수 없게 되면 딘 공화국에 데려가 줘.”

“좋아. 공주님이라면 대환영이야. 그치? 형.”

“뭐, 그렇지. 하지만 너무 신경 쓰지 마. 최종적으로는 나라를 구할 수 있을지도 몰라.”

“무슨 말이야? 슬슬 가르쳐 줘! 왕당파를 응원하면 어떻게 되는데?”

“국왕은 자멸해.”

“……흐에?”

그런 암약을 되풀이하며 두 달이 지났을 무렵, 대형 신문이 어떤 법안의 성립을 보도했다.

―『대전쟁 특별 재산 보전안』.

세계 대전 때 가르가드 제국의 침공으로 받은 피해를 국고로 보탠다는 법안이었다. 토지나 건물이 규정액 이상의 손해를 입었을 경우 지급된다.

즉― 귀족과 자본가에게 직접 돈을 나눠 주는 제도였다.

서민에게는 아무런 혜택도 없는 국왕의 폭주.

"너무해……."

조간신문으로 그 사실을 안 수지는 아지트에서 부들부들 떨었다. 쌍둥이를 따르게 되면서 그녀는 매일 아침 신문을 읽으라는 명을 받았다.

"왜 이런 법안이 통과되는 거야! 우리의 생활을 뭐라고 생각―."

"―노린 대로 됐네."

소리치는 수지 옆에서 루카스는 만족스럽게 웃었다. 신문을 가볍게 훑어보고 코웃음 쳤다.

이게 바로 쌍둥이의 계획이었다.

"아무리 첩보 기관이 우수해도, 국왕이나 내각이 썩었다면 상대가 안 돼."

"어? 무슨 말이야……?"

"왕당파의 힘이 세지면 순리파는 자유파와 손잡을 수밖에 없어."

빌레가 노트를 꺼내 적었다.

"—정국이 바뀌는 거야."

그는 다시 중앙 의회의 세력도를 보여 줬다.

【이전: 왕당파·순리파 355석 VS 자유파　　　　　75석

↓

현재: 왕당파　　　　185석 VS 순리파·자유파 245석】

일목요연했다.

순리파가 움직여서 왕당파가 고립되었다. 각 정당의 의석수 자체
는 줄어들지 않았다. 순리파 의원이 약점을 잡히긴 했지만 퇴직자
는 나오지 않았기 때문이다. 그럼에도 불구하고 정국이 크게 변동
했다.

수지는 쌍둥이들이 무엇을 노렸는지 이해했다.

"그래서 왕당파를 응원한 거구나……. 순리파를 움직이기 위
해……!"

"실제로는 좀 더 복잡하지만 말이지."

왕정의 권력 확대를 바라는 왕당파와, 입헌에 의한 왕정을 바라
는 순리파. 기득 권익의 유지를 바라는 그들의 사상은 닮았기에 예
전에는 협력 관계였다.

하지만 왕당파가 폭주한 이상, 순리파는 왕당파와 적대할 수밖
에 없다.

상류 계급 전체가 득을 보는 정치는 환영할 수 있지만, 국왕을

포함해 일부 계급만 한층 더 혜택을 보는 것은 용납할 수 없다. 아까 얘기가 나온 법안이 바로 그 상징이었다. 대전 이전부터 몰락해 있던 귀족이나 대전 이후에 부흥한 자본가는 재미를 별로 볼 수 없다.

—상류 계급끼리 싸우기 시작하면서 왕당파가 손해를 보고 있었다.

수지는 믿을 수가 없었다.

왕정부에 해를 끼치는 자는 구속당한다. 그것이 이 나라의 규칙이다.

"왕당파가 곤란해지는 이런 전개를 니케나 『창세군』은 저지할 수 없는 거야?"

"그들은 국왕에게 이익이 되는 행위를 단속하지 않아."

빌레의 대답에 수지는 숨을 삼켰다.

『창세군』이 국내에서 하는 일은 왕정부에 맞서는 활동가나 스파이를 단속하는 것이다.

하지만 쌍둥이는— 국왕의 편을 들고 있었다.

설령 니케가 의도를 간파했어도, 국왕이나 내각이 구속을 인정할 리 없다. 제아무리 니케여도 국왕의 뜻은 간단히 거스를 수 없다.

역전의 발상에 의한— 니케 봉쇄.

그때, 아지트의 창가로 전서구 한 마리가 날아왔다. 비둘기의 발목에 편지가 묶여 있었다. 그들의 협력자가 긴급성이 높은 정보를 전할 때만 사용하는 방식이었다.

"밀고가 들어왔어. 다음 주에 제출된다는 것 같아."

편지를 읽은 루카스는 웃었다.

"─내각 불신임 결의안."

의원 중에도 그들의 협력자가 있었다.

루카스는 편지를 물에 적셔서 파기하며 말했다.

"반왕당파 세력이 과반수를 넘었으니 당연하지. 대의원 의원 선거가 시작돼. 하지만 그 국왕이 비밀 선거 원칙을 지키진 않겠지. 앞으로 바빠질 거야."

불신임안이 제출된 내각은 의회가 해산된다.

그렇게 되면 선거가 시작된다. 만약 왕당파가 참패한다면 나라는 확실하게 바뀐다.

루카스는 즐겁게 말했다.

"정당의 의석 싸움은 정치 게임이야. 게임이라면 나는 지지 않아."

견고했던 왕정부가 순식간에 무너지고 있었다.

희망이 없다고 여겨졌던 중앙 의회의 정국이 흔들렸다. 단 한 남자의 의도로.

게이머─ 그가 밝힌 호칭이었다.

무수한 정치 단체와 이권 단체를 선동해 나가는 스파이. 상상도 못 한 수완으로 『창세군』을 봉쇄하고, 국왕 본인도 모르게 함정에 빠뜨려 나간다.

수지는 벌어진 입을 한동안 다물지 못했다.

눈앞에 있는 남자가 과장 없이 세계 최고 수준의 스파이라는 것을 알아차렸기 때문이다.

그 사실에 어째선지— 가슴이 아파졌다.

"······내가 없어도 이길 수 있을 것 같네."

무심코 작은 목소리로 중얼거리고 말았다.

함께 행동하고 있지만, 두 사람과의 거리가 한없이 멀게 느껴졌다.

"뭐? 당연히 필요하지."

"무슨 소릴 하는 거야? 우리 공주님이 그렇게 약한 소리를 하면 곤란해."

쌍둥이가 거의 동시에 고개를 기울였다.

그럴 리가 없지 않냐며 따뜻하게 미소 지었다.

"혁명에는 불씨가 필요해. 진짜 『공주님』이 되어 달라고 할지도 몰라."

"······?"

"뭐, 어차피 앞으로는 사람을 늘려 나갈 거야. 그 중계점으로 활약해 줘야겠어. 없어도 된다는 소리는 하지 마."

쌍둥이의 말에 가슴이 따뜻해졌다.

소녀는 쌍둥이의 모든 것을 알지는 못했다.

처음에는 자신의 목숨을 구해 준 은혜, 그리고 이 절망에 물든 나라를 바꿔 줄 거라는 기대를 가슴에 품고서 협력한 것에 불과했다.

하지만 지금은— 이 쌍둥이를 사랑했다.

소중히 대해 주며 동료로 봐 주는 두 사람의 시선이 기뻤다.

"있잖아, 슬슬 팀명이 필요할 것 같지 않아?"

빌레가 제안하자 루카스가 고개를 크게 끄덕였다.

"조직도 커질 테니 말이지. 공주님이 정해 줄래?"

쌍둥이가 동시에 물어서 얼굴이 뜨거워졌다.

허둥거리면서도 제안한 것은 세 사람의 이름에서 한 글자씩 따온다는 아이디어였다. 비밀 결사의 이름에 그들의 이름을 암시하는 것은 부적절하다는 것을 수지는 나중에 깨닫지만, 쌍둥이는 부정하지 않고 「극상이네」 「극상이야」라며 인정해 줬다.

그래서 그 비밀 결사의 이름에는 수지의 「S」가 들어가 있다.

"—『LWS 극단』."
라비스

머지않아 브누아 국왕을 퇴위시키는, 베일에 싸인 비밀 결사의 탄생이었다.

『화염』의 쌍둥이는 많은 씨앗을 뿌렸다.

—『초원』 사라. 일찍이 루카스가 스카우트한, 동물을 좋아하는 소녀.

그녀뿐만 아니라, 세 존재가 더 싹을 틔우고 있었다.

—두 사람이 창설한, 『니케』가 가장 위험시하는 비밀 결사 『LWS 극단』.

—빌레가 직접 스카우트한, 압도적 재능을 가진 재녀.

—그리고 두 사람이 누구보다도 신경 쓰며 보물처럼 다뤘던 남동생 같은 존재.

그것들은 이윽고 이 나라를 크게 뒤흔드는 힘을 동반하여.

폭죽을 설치했다.

벨트람 탄광군에서 목숨 걸고 파업 운동을 벌였던 자들에게 올리는 진혼의 기도를 담아. 파업의 중심인물은 처형될 것이다. 관여한 자는 모두 똑같이 벌을 받고, 다시는 왕정부에 거역하지 않겠다며 절망한다. 혹은 『창세군』에게 협박당해 복종한다.

하지만 이 일련의 저항을 없었던 일로 만들지는 않겠다.

누군가가 알아줄 것이다. 이 나라에 여전히 존재하는 긍지 높은 비밀 결사를. 소리 높여 말할 수 없는 것이 분했다. 대신 불꽃을 쏘아 올린다. 분명 받아들여 줄 사람이 나타나리라. 이 나라의 왕을 물러가게 했다는, 역사 속에 매장된 사실을.

—『불은 우리의 상징이야.』

예전에 단장이었던 남자의 말을 이전 부단장이 이었다.

—『불을 계속 지피는 거야. 그러면 우리의 동료가 찾아 줄 거야.』

두 사람이 죽기 전에 남긴 유언이었다.

소녀는 충실하게 따랐다.

폭죽을 만드는 법은 그들에게 배웠다. 육군에 있는 동지에게 화약을 나눠 받아, 손목시계를 이용한 시한식으로 만들었다. 불꽃이 터질 즈음에, 설치한 사람은 이미 현장에 없다.

그녀는 설치를 끝내고 프리드리히 공업 지대의 한편에서 확인했다.

아무도 없는 묘지에 앉아 밤하늘을 올려다보았다.

"루카스 씨. 빌레 씨······."

작렬하는 불꽃을 바라보며 희미한 한숨과 함께 말했다.

"······나는 언제까지 계속 기다려야 해?"

쌍둥이가 죽고 2년이 지났어도, 소녀는 이 땅에서 기다리고 있다.

피르카 1구의 고층 빌딩 옥상에 비둘기 한 마리가 앉았다.

토실토실 살찐 낯익은 비둘기는 기운이 없어 보였다. 날개도 빗질이 되어 있지 않아 지저분했다. 주인과 떨어져 지내고 있는 것이리라.

『회신』모니카는 그 비둘기의 다리에 묶여 있는 종이를 풀었다.

"······사라가 구속당했나."

암호화된 보고서를 다 읽고 즉시 불태워 밤거리로 던졌다. 보고서는 지면에 떨어지기 전에 모두 불탔고, 재는 바람에 날아갔다.

내용 자체는 파악하고 있었지만, 다시금 알게 된 사실에 작게 한숨을 쉬었다.

옆에서 여성이 웃었다. 『몽어』티아였다. 비둘기를 양손으로 안고서 자애롭게 머리를 쓰다듬었다.

"배알이 뒤틀려?"

"음?"

"그 아이의 스승이잖아. 스승이 직접 원수를 갚으려고?"

"그런 거 아니야."

모니카는 티아에게서 비둘기를 받아 밤하늘로 날렸다.

에이든이라는 이름의 비둘기는 피르카 상공을 날아가 그대로 밤하늘에 녹아들었다.

"『니케』와의 접촉은 피하며 몰래 혁명을 성립시키는 것이 당초의 계획이잖아? 이렇게 접촉하면 작전이 의미가 없어."

티아가 동의하듯 웃었다.

"전부 작전대로 되진 않아."

"뭐, 좋아. 어쨌든 혁명의 난이도가 분명해졌어."

모니카는 밤바람에 날리는 머리카락을 쓸어 올리며 웃었다.

"그럼 혁명 따위 무시하겠어. ―내가 직접 《효암 계획^{노스탤지어 프로젝트}》을 알아내 주겠어."

양동 작전에 불과했던 책략이었다.

―그게 가능하다면 고생하지 않는다.

클라우스는 그렇게 판단하여, 혁명을 이뤄서 『니케』를 무력화하는 계획을 세웠다. 그럼에도 『니케』와 직접 부딪치는 조를 만든 것은 그녀의 움직임을 제한하기 위해서였다.

하지만 모니카에게 그런 예상은 고려할 가치가 없었다.

"그거야말로 작전과는 다르지 않아?"

옆에서 티아는 쓴웃음을 지었다.

"우리의 역할은 어디까지나 니케가 못 움직이게 붙잡아 두고 미끼가 되는 거였을 텐데?"

"처음부터 그런 건 생각도 안 했어."

"최고야. 너랑 내가 한 팀이 되면 반드시 공략할 수 있어."

"너는 방해돼. 나 혼자서 니케를 때려눕힐 거야."

"……역시 원수를 갚고 싶은 거지?"

두 사람은 피르카 중심에 있는 『창세군』 본부를 노려보았다.

《니케조》— 가장 위험도가 높은 역할을 맡은 두 사람은 조용히 투지를 불태웠다.

클라우스는 가슴이 크게 뛰는 것을 느끼며 걷고 있었다.

라일라트 왕국의 수도 피르카에서 약 400킬로· 떨어진 도시. 가르가드 제국의 수도 달튼에서 『등불』의 소녀들과 떨어져 천천히 목적지로 가고 있었다.

도저히 빼놓을 수 없는 임무가 날아들었기 때문이다.

그 편지는 대담하게도 딘 공화국의 첩보 기관 본부에 보내졌다.

—【우리는 항복하겠다. 『화톳불』과 만날 수 없을까?】

전혀 예상치 못했던 발신인과 내용은 곧장 클라우스에게 알려졌고, 상층부와 의논한 후 제안을 받아들이기로 했다.

상대는 단둘이 대화하길 원했다. 아무도 데려오지 않았다.

그렇게 도착한 곳은 언덕 위에 있는 저택이었다. 달튼의 번잡함에서 벗어난 교외에 있는 커다란 서양 저택. 정비는 되어 있지만, 문 등의 디자인은 역사가 느껴졌다. 수백 년 전에 지어진 귀족의 별장일 것이다.

클라우스는 그 디자인이 대체 어느 나라에서 유래한 것인지를 확인하여 상대의 신원을 헤아렸다.

마중 나오는 사람은 없었다. 문지기나 하인도 없었다.

이 별장에는 아무도 살지 않을 것이다.

마른 분수대가 공허하게 자리한 정원에 테이블이 놓여 있었다. 그 테이블을 사이에 두고 가든 체어가 두 개.

의자에 한 남자가 앉아 있었다.

"굳이 여기까지 오게 했군. 용서해."

소리가 뒤틀린 것처럼 들렸다. 뭔가 목에 특별한 처치를 받은 걸까.

상상한 것보다 훨씬 젊어서 놀랐다.

기다리고 있던 것은 10대 후반의 미소년이었다. 적어도 클라우스보다 어릴 것이다. 얼굴의 음영이 짙지 않고, 가면처럼 건조한 생김새였다. 쓰고 있는 안경테까지 앞머리가 내려와 있었다. 질 좋은 명품 재킷을 입었고, 중심이 잡혀 있는 앉은 자세에서도 품위가 엿보였다.

얼핏 보면 선이 가늘어 힘없는 인상을 줬다. 하지만 시선이 마주친 순간, 평가를 고쳤다.

―눈 안쪽에 담긴, 수라의 길을 나아갈 각오.

보면 안 된다고 본능적으로 느낄 만한 분위기를 풍기고 있었다.

"그다지 자유롭지 못한 신분이야. 여러 무례를 사과하지. 그리고 여기까지 와 줘서 기쁘게 생각해. 『청파리』의 애제자여."

"내 스승을 다시는 그 이름으로 부르지 마."

클라우스는 짧게 부정하고, 그의 정면에 있는 가든 체어에 앉았다.

주위를 경계했지만, 눈앞의 소년 말고 다른 사람의 기척은 없었다. 그도 혼자 온 것 같았다. 살해당할지도 모른다고 각오하고서.

소년은 「미안하군」이라고 부정한 후 똑바로 클라우스를 응시했다.

"『뱀』의 보스로서― 꼭 그대와 거래를 하고 싶었어."

라일라트 왕국과 떨어진 땅에서 두 사람의 회담이 시작된다.

『등불』과 『뱀』, 세계의 비밀을 둘러싸고 싸웠던 스파이팀의 보스 간의 만남이었다.

■작가 후기

　10권 후기에서 말할 내용은 아니지만, 9권을 집필할 때 있었던 일을 이야기하고 싶습니다.

　최근에 작가가 직접 그린 『스파이 교실』의 1P 만화를 Twitter에 투고하고 있습니다.

　가끔 「라이트 노벨 작가에서 만화가로 전향하려는 거냐?」 「라이트 노벨 작가의 새로운 SNS 전략이냐?」라고 의심하는 분들이 있어서 대답하자면, 정말로 「취미」일 뿐 다른 이유는 없습니다. 취미인 소설 집필이 일로 바뀌고, 오랫동안 삶의 위안거리를 찾지 못했습니다. 그러다 발견한 것이 만화 창작입니다. 『스파이 교실』의 팬아트를 인용RT하다가 「나도 『스파이 교실』의 2차 창작물을 만들고 싶어!」라는 대항 의식을 갖게 된 것이 계기입니다(이 경우에는 2차 창작인지 아닌지 불명입니다만). 사용하는 뇌가 다른 탓인지, 원고를 집필하느라 녹초가 되어도 만화는 그릴 수 있어요. 아직 실력이 형편없지만, 시간을 두고 지켜봐 주시면 좋겠습니다.

　그렇게 9권을 집필하면서 기분 전환으로 취미 만화를 그리다가 깨달았습니다.

　"……아네트와 에르나 조합, 엄청 만들기 쉬워."

정말 뭘까요, 이 두 사람은. 좋아하는 조합은 많지만, 1P라는 틀에서 뭔가를 만들고자 할 때, 이 아이들만큼 움직이기 쉬운 콤비는 없습니다. 다시금 그녀들의 가능성은 인식했습니다. 응~ 응~ 하고 말하기만 해도 귀여워요.

그런 두 사람을 중심으로 전개되는 10권. 그리고 두 사람이 활약한다면 『그녀』가 분발하지 않을 수 없죠. ―작가 공인 보호자, 사라의 권이었습니다.

이 세 사람이 모여서 분투하면 감개무량한 것이 있습니다.

이하 감사 인사입니다. 토마리 선생님, 지난 권에 이어 주요 캐릭터의 모습을 모두 바꾼다는 억지를 들어주셔서 감사합니다. 속속 완성되는 디자인을 매번 무척 기대하고 있습니다. 또한 집필에 힘을 실어 주시는 애니 관계자 여러분. 영상, 목소리, 음악, 굿즈 하나하나가 창작의 영감을 줍니다. 진심으로 감사드립니다. 그리고 항상 취미 만화를 RT해 주시고 따뜻한 코멘트를 주시는 팔로워님들에게도 다시금 감사를 전합니다. 좀 더 숙달되어 본편 사이사이에 즐길 수 있는 작품을 전하고 싶어서 매일 의욕을 높이고 있습니다. 물론 본업에 지장을 주지 않는 범위에서요.

애니는 원작 3권 부분이 마침 방송되고 있으려나요. 애니의 기세에 지지 않도록 원작을 만들어 나가고 싶습니다.

다음은 11권. 애니의 기세를 몰아 이른 시기에 전해 드리고 싶습니다. 성장한 누님들이 속속 달려와― 줄지도 모릅니다. 그럼 이만.

타케마치

스파이 교실 10
《고천원》의 사라

초판 1쇄 발행 2024년 12월 20일

지은이_ Takemachi
일러스트_ Tomari
옮긴이_ 송재희

발행인_ 최원영
본부장_ 장혜경
편집장_ 김승신
편집진행_ 권세라 · 최혁수 · 김경민 · 최정민
편집디자인_ 양우연
국제업무_ 박진해 · 조은지 · 남궁명일
관리 · 영업_ 김민원 · 조은걸

펴낸곳_ (주)디앤씨미디어
등록_ 2002년 4월 25일 제20-260호
주소_ 서울특별시 구로구 디지털로32길 30 코오롱디지털타워빌란트 1305호
전화_ 02-333-2513(대표)
팩시밀리_ 02-333-2514
이메일_ lnovellove@naver.com
L노벨 공식 카페_ http://cafe.naver.com/lnovel11

SPY KYOSHITSU Vol.10 《TAKAMAGAHARA》 NO SARA
©Takemachi, Tomari 2023
First published in Japan in 2023 by KADOKAWA CORPORATION, Tokyo.
Korean translation rights arranged with KADOKAWA CORPORATION, Tokyo.

ISBN 979-11-278-8015-6 04830
ISBN 979-11-278-5816-2 (세트)

값 11,000원